한국어 할 줄 아세요?

한국어 할 줄 아세요?

발행일 2026년 4월 10일(초판 1쇄)

지은이 이보현
펴낸이 김현용
펴낸곳 오도카니 **출판등록** 제2024-000237호
기획/편집 이화정
주소 경기도 고양시 일산서구 중앙로 1444, 5층
전화 010-2070-2937
이메일 odocany@naver.com
블로그 https://blog.naver.com/odocany
인스타그램 @odocany.books

ISBN 979-11-990852-2-0 (03810)

한국어
할 줄 아세요?

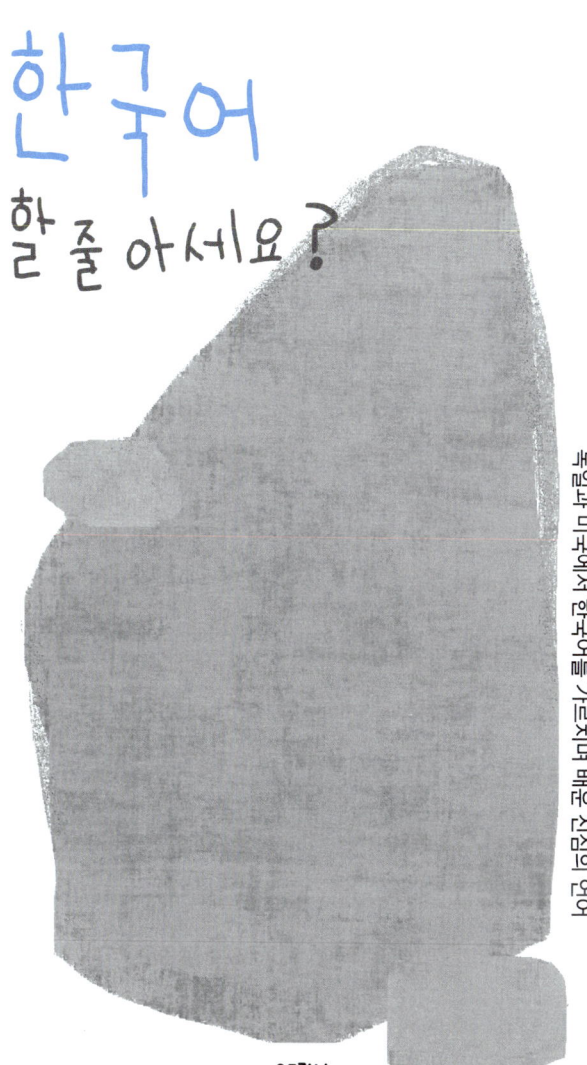

독일과 미국에서 한국어를 가르치며 배운 진심의 언어

오도카니

목차

모어를 떠나 만난 모어

한국에서 2년을 꽉 채워 운영한 서점 문을 닫고 독일행 이민 가방을 쌌습니다. 남편과 상의 끝에 결정한 일이었습니다. 대학원생과 연구원으로 베를린에서 만나 슈투트가르트에서 결혼했죠. 아이가 생기기 전에 이미 이름을 지었습니다. 한나. 어쩌면 아이의 이름에 언젠가 다시 독일살이를 하겠다는 각오를 일찍이 담았나 봅니다. 사실, 아이 이름은 제 친구 엄마의 이름에서 따왔습니다. 이삿짐을 싸며 아이 이름을 허락해 준 가족을 떠올렸습니다. 15년 전, 독일어가 서툰 이방에서 온 여학생을 가족처럼 아껴 준 그들의 얼굴이 생각났습니다. 다정한 온도로 눈을 맞추며 묻던 질문,

"이건 한국어로 뭐라고 해?"

처음이었습니다. 저의 모국어를 묻는 말은 낯설었

습니다. 제 입에서 나온 그날의 모국어는 저조차도 어색했습니다. 모국어 밖의 모국어였으니까요.

아이와 함께 독일 생활을 시작했습니다. 봄이었어요. 독일에 도착하자마자 봄을 품은 비가 내렸거든요. 다음 날 우비를 입은 아이와 한글학교를 찾았습니다. 낯선 환경에서 아이가 가장 편안하게 느끼는 건 엄마의 언어로 채워진 곳일 테니까요. 아이를 수업에 들여보내고 학교 앞 벤치에 앉아 봄비 냄새를 맡고 있을 때였어요. 학교로 걸어오던 이가 물었습니다.

"사쿠라 아니고, 벚꽃이지요?"

갈색 머리에 떨어진 꽃잎을 하얀 손으로 털어 내며 말하던 그의 목소리가 낯설지만은 않았어요. 타국에서 들리는 모국어는 반가움을 주는 걸까요.

"벚꽃 맞지요."

웃으며 말하는 순간 알았습니다. 모어 밖에서 모어를 만나고 있다는 걸요.

15년 전 베를린에서 유학 생활을 시작했습니다. 형편없는 독일어 실력 때문에 하루도 울지 않은 날이 없었습니다. 그때 대학원 선배가 한국어 과외 아르바이트를 권유했습니다. 처음에는 선배의 말을 의심했어요. 한국어를 가르치면서 독일어 실력이 어떻게 늘겠느냐고 말이죠. 감사하게도 좋은 이들을 많이 만났습니다. 저를 만나기 전 이미 한국어를 가슴에 품고 사는 사람들이었습니다. 파독 간호사 어머니와 아들, 입양아, 교포 2세…. 독일과 스위스에서 자란 입양아 친구들은 저와 생김새는 비슷했지만, 모어가 달랐습니다. 그들은 모국어를 찾고 있었습니다. 그들에게 한국어를 가르치며 서툴렀던 제 독일어도 서서히 자리를 잡아 갔습니다. 신기하게도 모국어가 전혀 다른 형태와 소리를 지닌 언어를 자극하고 받쳐 주었습니다. 무엇보다 모어가 달랐던 그들이 저에게 모국어를 다시 생각하게 했습니다. 그들이 찾으려던 모국어와 저의 모국어는 같은 언어였을까요?

　벚꽃이 다 떨어질 무렵 한글학교에서 성인반 교사를 맡았습니다. 학생들은 모두 한국이 좋아서 한글학교를 찾아왔다고 했습니다. 요즘은 대한민국을 모르는 사람이 거의 없습니다. 15년 전만 해도 한국이 어디에 있는지 묻는 이들도 있었으니까요. 저를 북한에서 온 사람으로 오해해 거리를 둔 이도 있었다는 에피소드가 이제는 아주 먼 옛날이야기처럼 들리는 시대에 살고 있습니다. 학생들은 K-팝과 K-드라마는 기본이고, K-뷰티와 K-푸드로 일상을 채우며 한국어를 배웁니다. 한국인 아내를 둔 남편, 자녀의 이중 언어를 위해 온 아빠, 교환 학생으로 한국에 머무는 딸을 둔 엄마, 아이돌 계보를 꿰고 있는 고등학생, 한국인 남자 친구를 만나러 한국행을 준비하는 은행원, 파독 간호사 엄마와 독일인 아빠 사이에서 태어나 엄마의 언어를 뒤늦게 찾고 있는 대학생, 한국 직장인을 꿈꾸는 공대생, 태권도 사범을 계획하는 학생, 한국의 유명 배우 팬클럽 회원…. 한글학교를 찾아온 동기는 다 다르지만, 한 가지 공통점이 있습니다. 제가 한국어로 말할 때 다들 눈에서 빛이 난다는 사실. 그 순간이 여전히 잊히지 않습니다. 우리의 모어가 모어 밖 세상에서 더욱 빛을 낸다는 것을 모어 안에서 살아가는 사람들은 알까요?

지난해 벚나무에 잎이 열릴 때 아이에게 약속했습니다. "이번 벚꽃은 한국에 가서 보자." 그 약속을 지키지 못했습니다. 갑작스럽게 미국 이주가 결정되었거든요. 아이는 한국의 벚꽃도, 독일의 벚꽃도 보지 못한 채 미국으로 왔습니다. 짐을 푼 집 앞에는 벚나무가 심겨 있습니다. 이웃 아주머니가 아이에게 'cherry blossom 체리 블로섬' 나무라고 알려 줍니다. 아이는 이제 또 다른 언어 세계로 들어왔습니다. 저는 새로운 언어 세계에서 한국어를 배우고자 하는 학생들을 만났습니다. 한국인 아내를 둔 학생, 교포 2세, 교포 3세…. 미국에서도 한국과 한국어의 인기를 실감합니다. 다시 낯선 모어 밖의 세상에서 나의 모어를 만나고 있습니다.

내 나라를 떠난다는 것은 나의 언어에서 벗어나 외국어의 세계로 들어가는 것을 의미합니다. 외국어 세계에는 모어가 없을 줄 알았습니다. 한국어를 가르치면서 저는 모어 밖 세상에서 모어를 만났고, 또 여전히 모어를 찾아가고 있습니다. 평생 듣고, 말하고, 읽고, 쓰던 말들이 한국어를 가르치는 순간에는 낯선 적이 많았습니다. 부끄러웠다는 표현이 더 맞을 것 같아요. 제대로 알지 못하고, 정확히 쓰지 못한 모국어, 고쳐야 할 습관을 버리지 못해 어지럽힌 모국어를 모어 밖에서 다시 배우고 있습니다. 모어를 떠나고서야 비로소 만난 모어에 관한 이야기를 이 책에

담았습니다. 〈한국어 할 줄 아세요?〉를 읽는 당신도
모어 밖의 모어를 만나 보는 시간이 되길 바랍니다.

∘ '모어'는 '자라나면서 처음 배운 언어'를 뜻하고, '모국어'는 '조국, 혈통, 뿌리
의 언어'를 뜻한다. 한국계 미국인의 모어는 영어나 한국어지만, 모국어는 한
국어이다. 독일 입양아의 모어는 독일어지만, 모국어는 한국어이다. 이 글에
는 모국어를 잃고 모국어를 다시 찾아가는 이들의 이야기가 담겼기에 다소
비슷해 보이는 모어와 모국어를 구분해서 썼다.

1. 한글학교라고 들어 보셨어요?

밥밥밥

"Hi, How are you?", "I'm fine, thank you." 많은 사람에게 익숙한 영어식 인사말이다. 독일식 인사말도 비슷하다. "Hallo, wie geht's dir?" 한국식 인사말은 어떨까? "안녕, 잘 지내?"일 것이다. 매주 토요일 오전 10시 한글학교 성인반 수업은 이 인사말로 시작한다. "안녕하세요, 잘 지냈어요?" 학생들은 "네, 저는 잘 지냈어요. 선생님은요?"라고 묻는다. "네, 저도 잘 지냈어요."로 답하며 수업을 진행한다.

수업을 맡은 지 한 달이 지났을 때, 학생들에게 다른 인사말로 안부를 물었다.

"안녕하세요, 밥은 먹었어요?"

아버지는 독일인이고 어머니는 한국인인 한 학생이 웃으며 말했다.

"선생님은 한국 할머니 같아요."

할머니 같다며 웃는 학생 외에 다른 학생들은 모두 어리둥절한 표정이다. 그중에 한 학생이 자신 있게 말한다.

"저는 빵을 먹었어요."

학생들에게 한국식 안부 인사를 알려 줄 때가 되었다는 생각이 들었다. '밥 먹었어요?'라고 묻는 표현이 '잘 지냈어요?'라는 뜻이라고 알려 주자 이해하는 학생은 단 한 명뿐이었다. 칠판에 밥이 들어간 표현을 적었다.

밥벌이, 밥줄, 밥상

한국은 예로부터 농경사회였고, 특히 쌀농사가 주를 이룬 나라였음을 설명했다. 밥이 생존과 생계 수단을 상징하던 시절부터 이어져 온 표현이라고 알려 주었다.

밥 한번 먹자, 밥 같이 먹자

밥과 관련된 표현을 이어 적었다. 이것은 한국의 공동체 문화를 보여 주는 표현이라 설명하며, 관계의 친밀감을 나타내는 것이라는 설명을 덧붙였다. '밥 잘 먹고 다녀.'와 '밥 잘 먹어.'는 헤어질 때 쓰는 말인데, 일제강점기에 이어 전쟁을 겪으며 배고픔이 일상이 된 사회에서 '건강하게 지내.'라는 말을 대신하게 된 것이라고 알려 주었다. 가족을 '식구'라고 부르는 이유도 밥을 함께 먹는 사이이기 때문이라고 뜻을 풀어 설명했다. 이어서 학생들에게 한국 드라마의 한 장면을 보여 주었다. 드라마 속 한국 엄마들은 전화기 너머로 묻는다.

"밥은 먹었어?"

학생들에게 번갈아 가며 옆 사람과 대화를 연습해 보자고 했다. 그러자 한 학생이 말했다.

"Entschuldigen Sie, aber ich verstehe das nicht ganz. In Deutschland kann es unhöflich sein, zu fragen, ob jemand schon gegessen hat. 선생님, 저는 이해할 수 없어요. 독일에서는 밥 먹었냐고 물어보면 실례가 될 수 있어요."

다른 학생도 맞장구친다.

"Genau! Sehe ich etwa so aus, als würde ich hungern? Warum ist es überhaupt interessant, ob ich gegessen habe? Das ist eine etwas seltsame Frage für mich. 맞아요. 내가 굶고 다니는 것처럼 보이나? 내가 밥 먹었는지가 왜 궁금하지? 조금 당황스러운 질문이에요."

두 학생은 '밥 먹었어요?'라는 표현이 독일 사람들에게는 무례한 질문이라며 대화를 이어 가기 시작했다. 이제 10대 후반을 지나고 있는 두 학생에게 어떻게 설명해 줄지 생각하다가 독일 요양병원에서 일하는 친구와의 통화가 떠올랐다. 친구가 경험한 이야기를 학생들에게 들려주었다.

중국에서 온 친구는 독일 요양병원에서 간호사로 일한다. 환자의 평균 연령이 72세이고, 대부분 알츠하이머병을 앓고 있다. 그들은 자신이 요양병원에 있다는 인지조차 못 했다. 매일 아침 식사가 끝나면 산책 시간을 갖는데, 그 시간마다 많은 할아버지, 할머니가 버스를 타고 가족을 만나러 가야 한다고 고집을 부렸다. 그래서 병원에서는 가짜 버스 정류장을 만들었다. 아침 식사가 끝나면 할아버지, 할머니는 그곳에서 버스를 기다렸다. 점심 식사 시간이 되면 간호사들이 환자들을 데리러 가짜 버스정류장으로 갔다. 어김없이 버스를 기다리고 있던 할아버지, 할머니. 친구는 할머니 한 분을 모시고 병실로 향하면서 물었단다. 가족들 만나서 뭘 했냐고. 할머니의 대답은 늘 같았다. 가족들과 밥 먹었다고.

이 이야기를 전하자 두 학생은 독일에서도 가족을 '식구'라고 불러야 한다며 적당한 단어를 만들어 내기 시작했다. '밥 먹었어?'가 얼마나 다정한 말이 될 수 있는지 알았다며, 이제 독일 친구들에게도 독일어로 직역해서 안부 인사를 해야겠다고 했다. 워낙에 장난기가 가득한 두 학생의 말이긴 했지만, 그 물음에 독일 사람들이 어떻게 대답할지도 내심 궁금해졌다.

수업이 끝난 후 나에게 한국 할머니 같다고 했던 학생이 찾아왔다.

"선생님, 할머니라고 해서 죄송합니다."

미안해하는 학생. 실수를 두려워하고 눈치를 자주

보는 학생의 성향을 알기에 전혀 사과할 일이 아니라고 조금 과하게 손을 저으며 괜찮다고 말해 주었다. 안심한 학생은 할머니가 자신의 어머니에게 전화로 묻는 첫마디가 늘 "밥은 먹었어?"였다고 했다. 그 말을 오랜만에 들어서 반갑고 슬펐다고 했다. 입술이 떨리는 학생에게 그 이유를 더 이상 묻지 않았다. 그 대신 꼭 안아 주며 말했다.

"밥 잘 먹고, 다음 주에 보자."

품에 안겨 흔들리는 학생의 어깨를 쓰다듬었다.

한글학교라고 들어 보셨어요?

한글학교는 1903년 미국 하와이 사탕수수 농장에서 일하던 이민자의 자녀를 위해 처음 설립되었다. 한국어 교육과 문화 교육이 그곳에서 이루어졌다. 이후 일제강점기에는 만주, 연해주에 설립되어 독립운동과 함께 한국어 교육이 이어졌다. 이민과 파견 근무가 늘어난 1960년대 이후부터는 한국어 교육 지원을 위해 한인회 중심으로 토요일마다 한글학교가 운영되었다. 1997년에는 재외동포재단(현재는 재외동포청으로 바뀜)이 공식적으로 한인회와 한글학교 지원을 시작했다. 재외공관에 신고, 등록한 후 1년이 지나고, 재외동포가 10명 이상 모이면 정식 한글학교로 지원받을 수 있다. 2024년 기준 세계 110개국에 1,405개의 한글학교가 재외동포청의 지원 아래 매주 운영되고 있다.

독일 작은 도시의 한글학교 성인반 교사가 되기 전

학교 운영을 돕는 총무직을 먼저 맡았다. 한글학교는 재외동포청이 제시한 기준을 맞춰야 운영비를 포함한 세종학당 교재 및 문화 프로그램 지원을 받을 수 있다. '재외동포 10명 이상'이 필수 조건이다. 한국 국적을 가진 사람이거나 부모 혹은 조부모 중 한 명이 한국인이면 재외동포이다. 10명의 재외동포가 한글학교에 모이는 일은 쉽지 않다. 누구에게든 먼저 말을 못 거는 내향적인 성격이지만, 총무직을 맡은 순간부터는 어디선가 한국어가 들려오면 나도 모르게 그곳으로 향했다. "혹시 한글학교라고 들어 보셨어요?" 흡사 "도를 아십니까?"로 들렸을지도 모른다. 부끄럽고 창피한 순간이지만, 성향마저 바꿔야 하는 것이 한글학교 운영자의 자세이다. 작은 도시의 한글학교는 매해 재외동포청의 지원비를 앞에 두고 애를 먹는다. 학생 수 한두 명이 모자라 지원이 끊기기도 하고, 아예 사라져 버리기도 한다.

처음 한글학교에 네 살 아이를 데려갔을 때는 한국어 교육이 이루어질 수 있는 공간이 있어서 안심했다. 시간이 지나면서는 아이와 친구들이 토요일마다 자유롭게 한국어로 말하고 놀 수 있는 학교가 더 발전하길 바랐다. 총무직을 맡은 후 한글학교 실정을 알게 되자 학교 운영에 더 조급해지고 학교의 생존이 더욱 간절해졌다. 이웃 마을에 한국 가족이 이민 왔다는 소식을 들으면 아이가 몇 살인지가 가장 먼저 궁금했다. 한 명의 재외동포가 더 오길, 10명이 채워지길, 이 작은 한글학교가 꼭 살아남길. 그래서 묻게 되었다.

"혹시 한글학교라고 들어 보셨어요?"

생각보다 많은 사람들이 한글학교를 '한글을 떼는 곳'으로 알고 있었다. 내 물음에 대부분의 한국 사람은 이렇게 답했다.

"저희 아이는 한글 다 뗐어요."

한글학교는 한국어 교육과 문화 교육이 이루어지는 곳이고, 재외동포청에서 교재와 프로그램을 지원받는 곳이라고 설명해 보지만, 대부분의 한국 가족은 필요성을 느끼지 못한다. 모국어와 한국 문화를 배우는 일보다는 외국어 교육이 더 시급하다고 생각하는 것이다. 재외동포 모집으로 고민하던 때 남편은 학교 이름을 바꿔 보라는 조언을 했다. '한국어학교'라고 바꿔야 할까? '한국어아카데미'가 나을까? 아니면 학교 이름을 영어로 지어야 하나? 한글학교 이름 대신 한국학교, 한국어학교, 혹은 지역명을 붙이거나 한인교회의 이름을 따서 운영하는 곳도 생기고 있다는 소식을 들었다. 학생을 모집하기 위해 진지하게 한글학교 개명을 생각해야만 했다.

　하루 종일 한국어학교, 한국어아카데미를 중얼거리며 고민하던 때 남편과 영화를 보러 갔다. 독일어를 한마디도 못하는 남편은 할리우드 영화 개봉 소식만 애타게 기다렸다. 하지만 영화가 끝날 때까지 남편은 긴 잠을 잤다. 자막이 아닌 독일어 더빙이었기 때문이다. 독일어 더빙에 대한 남편의 불만은 한동안 이어졌다. 독일은 문맹률이 높기 때문에 대부분의 외국 영화는 더빙을 한다. 현재 독일의 문맹률은 12.1%지만, 2011년 이전에는 15%에 달했고, 그 수가 750만 명이었다고 한다. 오래전부터 독일은 자막 대신 더빙을 선호했다. 그에 비해 15세 이상의 한국인 문맹률은 1% 미만이다. 국가에서 교육을 국민의 권리이자 의무로 관리하고 있기도 하지만, 한글이라는 문자 체계가 큰 역할을 한다고도 한다. 한글이 지닌 과학성과 단순성 덕분에 누구든 쉽게 한글을 익히고 한국어를 배울 수 있다는 뜻이다. 문자를 읽거나 쓰고자 하는 사람이라면 누구라도 큰 어려움 없이 익힐 수 있는 것이 한글의 가장 큰 특징이자 장점이다. 그 고유성을 드러내는 학교 이름을 어떤 단어가 대체할 수 있을까?

그 시기에 한글학교에 기초반을 만들었다. ㄱ, ㄴ, ㄷ과 ㅏ, ㅑ, ㅓ, ㅕ부터 가르치는 초급반을 운영하기로 결정한 것이다. 소셜네트워크에 광고를 올리자 많은 독일 사람에게서 문의가 왔다. 대부분이 기다렸다는 기대감을 드러냈고, 많은 지원자들 덕분에 2주 만에 반을 꾸려 수업을 진행할 수 있었다. 기초 성인반에서 자음과 모음 수업은 4주 차로 진행될 예정이었으나, 학생들은 2주 만에 받침이 간단한 단어까지 읽고 쓸 수 있게 되었다. 그 어떤 외국어보다 읽고 쓰기를 빨리할 수 있는 것이 한국어이다. 들은 것을 발음 그대로 옮겨 적어도 대부분 뜻이 통한다고 한다. 한글이라는 문자 체계 덕분이다. 한글을 단시간에 익힌 외국인들은 한글을 굳이 '코리안 알파벳'이라고 번역해서 부르지 않는다. 그렇게 한글을 익힌 학생들은 한글학교를 더 이상 'Koreanische Schule(Korean School 한국어학교)'라고 부르지 않았다. 그 대신 또박

또박 말했다.

"한.글.학.교.좋.아.요."

더 이상 한글학교 개명을 고민하지 않게 되었다. 학교 운영 때문에 속을 태우면서도 정작 중요한 부분을 놓치고 있었다. 한글 덕분에 읽고 쓰기 쉬운 외국어, 초보자가 접근하기에 크게 어렵지 않은 언어로 한국어가 꼽힌다. 이런 상징적이고 특별한 이름을 가진 학교가 바로 한글학교이다. 어떤 단어로도 대체될 수 없는 이름을 바꾸려고 했다니, 부끄러움이 몰려온다. 한글학교는 분명 해외에 사는 동포들의 한국어 교육을 위해 시작되었지만, 지금은 재외동포와 한국어를 배우고 싶은 외국인들이 더 많이 찾는다. 한글은 고유성을 지녀 한결같이 그 이름을 지키고 있지만, 한글학교는 시대에 맞춰 변화하고 있다. 그 변화에는 매년 한글학교 교실을 채우는 외국인 학생들이 큰 몫을 하고 있다. 한국의 대학교 어학당으로 유학을 가기에는 상황이 여의치 않은 학생들이 찾아오고, K-팝과 K-드라마를 먼저 접하고 한국을 알고 싶어 찾아오는 사람도 있고, 한국인 아내를 만나 장모님과 한국어로 대화를 나누고 싶어 찾아오는 사람도 있다.

딸이 흥얼거리는 블랙핑크의 음악을 함께 따라 부르고 싶어 찾아오는 50대 독일 엄마도 있고, 행사장에서 우연히 먹은 불고기가 너무 충격적이었다며 한국 요리를 한국어로 배우고 싶다는 70대 할머니도 한글학교 문을 두드린다. 이제 머리가 까맣든 노랗든 하얗든 내 옆에 앉은 누구에게라도 물을 것이다.

"혹시 한글학교라고 들어 보셨어요?"

당신이 외국인이라서

아이의 입학 통지서를 놓쳤다. 6세에 초등학교를 입학하는 독일에서는 4세에 입학 등록을 해야 한다. 이 등록 기간을 놓치면 아이를 학교에 1년 뒤에 보낼 수밖에 없다. 독일에서 학교를 다니고 일하며 산 기간이 10년을 넘었지만, 아이를 데리고 다시 시작한 독일 생활은 이제 막 반년이 지나고 있다. 외국인인 엄마는 익숙하지 않은 독일 교육 시스템에 자꾸 작아진다. 독일 정부에서 시행하는 아동 발달 검사 신청도 어렵고 의무 교육 등록도 쉽지 않다. 정보를 몰라서 신청 기간을 놓치고, 늦게 알게 되어 마음을 다치는 일이 종종 일어난다. 교육청으로부터 아이의 입학 통지서를 받지 못했다. 유치원의 같은 반 아이 엄마는 작년에 받았다고 한다. 독일에 오고 나서 바로 교육청에 신고를 했어야 했나 보다. 입학 통지서를 놓친 것은 오롯이 외국인인 엄마 탓, 결국 내 탓이다.

독일인이 한국어를 배울 때 어려운 점은 발음이다. ㅅ, ㅈ, ㅊ, ㅆ, ㅉ의 구분이 어렵다. '살', '쌀', '차다', '싸다', '짜다'와 같은 단어를 발음하기 어렵다. '음식이 짜다.', '음식이 차다.', '음식이 싸다.' 학생들에게 이 세 문장을 보여 주면 뜻의 차이는 쉽게 이해하면서도, 막상 각자의 입으로 발음할 때 소리 차이를 크게 느끼지 못한다. 처음 한국어를 배우는 독일 학생들에게 한국어는 부드럽게 들린다고 한다. 그 때문에 중국어나 일본어가 아닌 한국어를 선택한다. 듣기 좋은 언어. 그렇게 배우기 시작한 한국어를 막상 자기 입으로 소리 내면, 그 부드러움이 마음처럼 쉽게 따라오지 않나 보다. 학생들의 아쉬움과 속상함이 느껴진다. 발음하기 어려운 단어가 나오면 나는 일단 손에 든 책을 내려놓고 손가락으로 입술을 가리킨다. 입술을 벌려 윗니와 아랫니를 더 보여 주면서 혀의 위치를 설명한다. 학생들은 저마다 혀에 힘을 주고 발음해 보려 하지만, 정확한 소리를 내는 데 여전히 어려움을 겪는다.

한국어는 혀를 빠르게 윗잇몸에 붙였다 떼며 발음한다. 치경 자음은 그렇게 소리를 낸다. 치경 자음에 해당하는 ㅅ, ㅈ, ㅊ, ㅆ, ㅉ은 혀를 느리고 크게 움

직이는 독일인들에게 어려울 수밖에 없다. 독일어의 'sch[쉬]' 발음 덕분에 'ㅅ'이나 'ㅆ'을 쉽게 발음할 수 있을 것 같지만, 'sch'는 혀를 말아 올리며 내는 소리이고 'ㅅ'과 'ㅆ'은 혀를 앞으로 평평하게 내밀며 내는 소리이다. 아쉬워하는 학생들에게 연습해 오라며 숙제로 세 문장을 내 주었다.

김치찌개가 차다. 김치찌개가 싸다. 김치찌개가 짜다.

아이의 입학 등록을 놓쳐서 다음 해 초등학교에 입학하기 어려워졌다는 사실을 유치원 담임 선생님에게 알렸다. 속상해하며 얘기하는 나에게 늦었어도 방법이 있을지 모르니 학교를 찾아가 보라고 권했다. 유치원을 나와 집으로 향하는 길에 담임 선생님의 전화를 받았다. 초등학교 입학처의 전화번호를 불러 줄 테니 통화를 해 보라고 했다. 입학처에서는 하루의 시간을 줄 테니 원서와 필요 서류를 준비해 직접 찾아와서 제출하라고 했다. 아이가 다음 해 입학할 수 있겠다는 희망이 생겼다. 그날 오전 아이의 출생 증명서와 부모의 혼인 상태 증명서, 의료 기록, 의사의 아이 발달 소견서, 치과 방문 기록, 예방 접종 기록증 등의 사본을 만들기 위해 집 근처에 있는 대학교 인쇄소를 찾았다. 인쇄소에 가는 내내 아이의 입학이 불확실해진 것은 다 내 잘못이라며 끊임없이 자책을 했다. 외국인 엄마가 독일 교육 시스템을 잘 몰랐다는 건 핑계일 뿐이라고, 충분히 알아보고 공부했으면 없었을 일인데 엄마의 무지와 게으름 때문에 발생한 일이라고 스스로를 비난했다. 유치원을 졸업하고 밀린 초등학교 입학일까지 집에서 1년이나 지내야 할 아이를 떠올리자 막막함과 속상함에 가슴이 답답했다. 오후에 학교 입학처를 찾아가 서류를 제출했다. 제출 시간에 늦긴 했지만, 서류만 충족되면 아이의 입학을 고려해 보겠다는 말을 들었다.

아이를 데리러 갔더니, 소식을 기다리고 있던 담임 선생님이 다가왔다. 오전에 서류를 준비해서 방금 제출하고 오는 길이라고 전했다. 확정은 아니지만, 입학처에서 고려해 보겠다고 했으니, 기다려 보겠다고…. 깊은 한숨이 나왔다. 담임 선생님은 눈을 맞추며 말했다.

"Du wusstest es nicht, weil es dein erstes Mal war. Ihr habt nur ein Kind, und es ist euer erstes. Alles ist neu für dich, und genau deshalb ist es so. Am Anfang weiß niemand alles. 네가 처음이라서 몰랐을 거야. 아이도 하나고, 그 아이가 첫아이니까. 이 모든 경험이 처음이라서 그래. 당연히 누구든 처음에는 다 알지 못해."

아이를 데리러 가면서 선생님이 이 상황을 자세히 물어본다면 '내가 외국인이라서'라고 말하려 했다. 외국인 엄마라서 현지의 교육 시스템을 알지 못해 그런 거라고 설명하려고 했다. 그런데 담임 선생님의 말은 전혀 예상치 못한 것이었다. 처음이라서. 외국인이라서가 아니라, 처음이라서라고 하니, 하루 종일 동동거리며 초조했던 마음이 한순간에 내려앉았다.

김치찌개가 차다. 김치찌개가 싸다. 김치찌개가 짜다.

학생들에게 세 문장을 연습해 오라는 숙제를 내 주며 말했다.

"Für Deutsche ist diese Aussprache schwierig. 독일 사람들에게는 이 발음이 어려워요."

그리고 덧붙였다.

"Aber das liegt nicht daran, dass Sie Deutscher oder Deutsche sind. Es ist einfach schwer, weil es neu für Sie ist. Am Anfang ist die Aussprache ungewohnt und schwierig, aber mit ein bisschen Übung wird es besser. 그런데, 이건 독일 사람이라서가 아니라 처음이라서 어려운 거예요. 처음에는 발음하는 게 어색하고 힘들지만, 연습하면 점점 나아질 거예요."

한국에서 지낼 때 나와 언어가 다르고 생김새가 다른 사람을 '외국인'이라고 불렀다. 다른 국적을 가진 타인을 칭할 때 쓰는 말. 외국에 살면 타인이 아닌 자신에게 '외국인'이라는 타이틀을 붙이게 된다. 간혹 조금 모자란 부분에 '외국인이라서'라는 변명을 늘어놓으며 피해 갈 수도 있다. 하지만 현실에서 맞닥뜨리는 대부분의 일은 그런 식으로 둘러대며 피해 가기 어렵다. '외국인이라서' 뒤에 따라붙는 말은 대부분 부정적인 표현이다. '외국인이라서 몰랐어요.', '외국인이라서 피해를 봤어요.', '외국인이라서 차별을 당했어요.' 타국에서 외국인으로 살다 보면 같은 기준으로 평가를 받아도 결과에 따라 차별과 불공평을 당했다는 마음이 들기도 한다. 어쩔 수 없는 피해의식이 생기기도 한다. 앞서 당했던 인종차별의 경험 때문이기도 하지만, 작은 일에도 섣불리 예민해지는 외국인의 오해일 가능성도 크다.

외국어를 배울 때에도 '외국인이라서'는 많은 순간 독이 된다. 독일어를 배울 때, 문장 구조에서 애를 먹었다. 동사의 위치가 문장의 두 번째에 위치해야만 하는 독일어. 문장 맨 앞에 명사가 아니라 위치와 시간을 나타내는 부사구와 전치사구가 와도 동사는 꼭 두 번째의 위치를 고수한다. '한국어를 구사하는 사람에게는 독일어의 문장 구조가 어려워요.', '외국어라 익숙하지 않아서요.' 물어보지 않아도 늘어놓게 되는 핑계가 있다. 그렇게 변명을 만들어 두면, 나도 모르게 실수가 당연해진다. 노력을 해도 내가 한국인이고 외국인인 이상 달라질 수 없다는 전제를 스스로 만들어 버린 것이다. '처음이라서'는 그다음과 또 그다음이 있음을 의미한다. 처음에는 부족하지만, 다음은 달라질 수 있을 거라는 긍정이 담겨 있다. 모든 게 처음이라서 허둥거리는 엄마의 실수도 있었지만, 결국 아이는 학교 입학 허가서를 받았다. 수업을 하면서 학생들에게 의식적으로 하지 않으려 했던 말은, '당신이 독일인이라서, 외국인이라서'였다. 그 대신 '당신이 처음이라서, 처음 배워서'라고 말한다. 아이 담임 선생님의 한마디가 한글학교 교사인 나에게 깊은 영향을 미쳤다.

독일 한글학교에 독일인(외국인)은 없다. 한국어를 처음 배우는 이만 있다.

레벨 테스트는 없다

한국에 있는 대학교 어학당과 사립 어학원에 등록하려면 레벨 테스트를 받아야 한다. 각자의 레벨에 맞춘 교재를 받게 되고, 실력이 비슷한 학생들이 같은 반이 된다. 학생 수와 교원 수가 넉넉한 경우에 가능한 일이다. 상대적으로 학생 수가 부족하고, 교사 채용이 쉽지 않은 해외의 한글학교에서는 어려운 일이다. 학생 수를 맞춰도 교사가 채용되지 않은 경우가 있고, 교사가 있어도 반을 꾸리기에 학생 수가 부족해 강좌 개설 자체가 어려운 경우도 있다. 한국어를 배우기 위해 모인 학생들에게 조금이라도 더 기회를 주고자, 레벨에 상관없이 강좌를 개설해야 하는 경우가 많다. 그러다 보니, TOPIK(토픽, 한국어능력시험)에 합격한 학생과 3개월 전에 한국어를 시작한 학생이 같은 반이 되기도 한다.

교사를 맡게 된 반은 '고급반'이었다. 반 이름처럼

한국어 실력이 높은 학생도 있었지만, 개설된 중급반이 없어서 얼떨결에 들어온 학생도 있었다. 한국 드라마를 자막 없이 제법 이해하는 학생도 있었지만, 자막이 있어도 읽지 못하는 학생도 있었다. 레벨 테스트의 의미가 아예 없다고 봐야 했다. 문제는 이 학생들이 같은 반, 같은 교재로 토요일마다 교사인 나를 만난다는 것이었다. 각자 다른 동기로 한국어를 배우기 위해 모인 학생들을 두 시간 동안 어떻게 이끌 것인가. 처음 몇 주는 아주 쉬운 표현들을 나눠 주었다가, 지루해하는 몇몇 학생들의 눈치를 봤다. 조금 어려운 표현들을 들고 가니, 한 학생은 두 시간 내내 구글 번역기를 돌려야만 했다. 학생도 교사도 민망해지는 두 시간은 고역이었다. 언어 학습이라는 것이 중간 지점을 딱 정확히 자를 수 있는 것도 아니니 매주 고민이 깊어졌다.

교사의 역할이 중요한 시점이라고 생각했지만, 오히려 학생들은 이 고민을 무색하게 만들었다. 세종학당 교재에 '편의점에서 물건 사기' 단원이 있다. 예상했던 대로 한국에서 1년 정도 살았던 학생이 한국 편의점의 장점을 읊기 시작했다. 24시간 열려 있으며, 없는 물건이 없다고 칭찬을 늘어놓았다. 아직 한국에

가 본 적이 없는 학생들은 그 학생의 말에 집중한다. 바나나우유와 삼각김밥이 편의점의 상징이라고 말하는 학생의 말에 학생들은 나를 쳐다본다. 인터넷에서 검색해 바나나우유, 삼각김밥, 컵라면, 도시락을 화면에 띄워 설명해 주면 모두 흥미로운 표정으로 입맛까지 다신다.

이어서 편의점에서 아르바이트하는 영상을 띄워 보여 준다. 이때는 한국에 가 본 적은 없지만 듣기 실력이 남다른 학생이 빛을 발한다. 속속 등장하는 긴 문장을 다 받아 적는다. 독일 사람에게는 어렵게 들리는 단어까지 다른 학생들에게 쉽게 설명해 준다. 학생들은 이미 한 팀이 되어 서로가 서로를 끌어간다. 한국인 아내와 한국 편의점에서 커피를 산 적이 있다는 일화를 들려주는 학생은 새로운 어휘를 사용했다.

"커피가 다 떨어져서 편의점에서 커피를 샀어요."

소진됐다는 뜻으로 '떨어졌다'라는 표현을 쓴 학생은 여전히 '갔습니다'를 '가슴니다'로 쓰고, '먹었습니다'를 '머거슴니다'로 써서 수업 끝나고도 첨삭 지도

가 따로 필요했다. 그럼에도 수업 시간에 그가 쓰는 어휘(한국인 아내에게 배운)는 학생들에게 큰 도움이 되었다.

내가 맡은 한글학교 '고급반'에는 경력 1년 차의 교사인 나를 이끄는 5년 차 학생들이 있다. 서로가 서로의 실력을 알고 도와주었다. 서로가 각자 강한 어학 능력을 나눌 줄 알았고, 부족한 부분은 기꺼이 도움을 주고받았다. 누구 하나 서로를 수업에서 방해가 된다고 여기거나 껄끄럽게 생각하지 않았다. 외국어를 처음 배우는 과정을 서로가 알았고, 학습의 권태기와 정체기를 이해했다. 레벨 테스트라는 틀에 갇혀 학생들의 수준을 숫자에 넣어 가르려는 생각은 잘못되었다. 외국어는 어학 테스트를 통과해서 같은 레벨을 받은 사람들끼리 배우는 것이 아니다. 교사 혼자서 수업을 이끌어 가는 것도 아니다. 가끔은 교사만 의지하는 수업보다 학생들을 믿고 따라가는 수업이 더 효율적이기도 하다.

K-드라마의 5초는 아주 길다

한글학교 수업 자료로 K-드라마는 매우 훌륭하다. K-팝으로 한국어에 입문하는 학생들이 대부분이어서 노래 가사를 한국어 자료로 사용해 본 적이 있지만, 매번 결과가 만족스럽지 못했다. 빠른 리듬을 따라가며 써진 가사는 발음이 생략되거나 받침이 약화되는 경우가 많아 학생들이 정확하게 받아 적지 못했다. K-팝 가사는 아이돌의 세계관과 스토리텔링을 담기도 해서 배경지식이 없으면 이해하기 어렵기도 했다. 해외 한글학교 학생들은 일상에서 한국어를 접할 기회가 적다. 생활 한국어와 듣기에 취약하다는 뜻이다. 교사로서 특히 도와주고 싶은 부분이다. 그런 이유로 K-드라마를 한국어 교재로 활용한다. 드라마 배경은 한국이고, 주인공들이 나누는 대화는 일상 한국어로 손색이 없다. 또한 극 중 배우들의 정확한 발성과 발음으로 대화를 들을 수 있어 듣기 공부에도 큰 도움이 된다.

K-드라마 수업에서 중점을 두는 것은 형용사와 동사, 한국식 감정 표현을 익히는 것이다. 극 중 배역의 행동에는 감정의 흐름이 담겨 있어서 동작이 더 명확하게 보인다. 특히 드라마 〈응답하라 1988〉은 큰 도움이 되었다. 한국의 8~90년대를 보여 주고, 가족과 이웃을 바라보는 한국인의 마음과 정신을 알려 주는 데 가치가 있었다. 시대상과 한국인의 정을 함께 보여 주면서 한국어를 가르쳐 주기에도 효과적이었다. 드라마로 수업을 할 때면 주로 짧은 장면을 골랐다. 주인공 덕선이의 아침을 예로 들어 보자.

아침에 덕선이가 기분 좋게 일어나는 장면이다. 학생들은 이 장면에서 "아침에 덕선이가 눈을 열어요."라고 얘기한다. 독일어와 영어를 직역해서 표현한 것이다. Am Morgen öffnet Deok-seon die Augen. / In the morning, Deok-seon opens her eyes. 칠판에 '눈을 열어요'를 쓰고 화살표를 그리며 적는다. '눈을 떠요'라고 표현하면 더 자연스럽다고 설명해 준다. '아침에 덕선이가 눈을 뜬다.', '아침에 덕선이가 일어난다.', '아침에 덕선이가 깨어났다.' 이어서 몇 문장을 더 적어 준다. 그리고 학생들에게 묻는다.

"Hat Deok-seon die Augen schwer geöffnet? Wie hat sie die Augen geöffnet? Wie geht es Deok-seon, als sie die Augen öffnet? 덕선이는 힘들게 눈을 떴나요? 아니면, 어떻게 눈을 떴나요? 덕선이 기분이 어떤가요?"

학생들은 아직 한국어로 표현하기 어려운지 독일어로 덕선이의 감정을 표현한다.

"Sie ist aufgeregt. 그녀는 흥분했어요."

'aufgeregt'는 한국어로 '흥분하다, 설레다'라고 알려 준 뒤에 '들뜨다'라는 표현도 함께 적어 준다.

아침에 덕선이는 눈을 떠요.
덕선이는 들떠 있어요.

한국 드라마의 한 장면에서 학생들은 '눈을 연다 (die Augen öffnen / open one's eyes)'라는 독일어나 영어의 직역 표현 대신에 '눈을 뜨다'라는 표현을 배운다. 기분이 흥분되거나 설렌다는 표현과 함께 '들뜨다'라는 표현도 알게 된다.

한국 사람들에게는 언뜻 지나가는 짧은 순간의 장면이 한글학교 교실에서는 유용한 수업 자료로 쓰인다. 학생들은 드라마 속 5초 가량의 장면을 50분이 넘는 설명을 통해 익힌다. 그 5초 동안에 나오는 대사를 각자의 노트에 줄줄이 옮겨 담는다. 한글학교에서 드라마의 5초는 아주 길게 흘러간다.

당신의 첫 단어는 무엇입니까?

아이가 독일 유치원에 들어가 처음 익힌 단어는 'Hinsetzen 힌제첸, 여기 앉아'이다. 뜻을 알려 주지 않았고 미리 배운 단어도 아니다. 선생님의 손짓을 바라보며, 친구들의 행동을 따라 하다가 익힌 단어이다. 아이는 'Hallo 할로, 안녕하세요' 단어 하나만 알고 유치원에 입학해 다음으로 'Hinsetzen'을 알게 되었다. 처음 유치원에 등원한 날, 하원을 기다리며 아이가 배워 올 첫 단어를 추측했다. 'Dankeschön 당케쇤, 감사합니다'이나 'gut 구트, 좋아요'가 아닐까 했지만, 'Hinsetzen'이었다. 예상하지 못해서가 아니라, 너무 독일스러운 단어라서 웃음이 났다. 규칙과 규범이 중요한 독일에서 공동체 생활 첫날에 배운 단어인 'Hinsetzen'은 여러 가지 의미로 적절했다.

한글학교 수업 중에 학생들에게 물었다.

"Was war dein erstes koreanisches Wort? 당신의 첫 한

국어 단어는 무엇입니까?"

단, 조건이 있다. 뜻을 찾아보거나 누가 알려 준 단어가 아닌, 원어민과의 대화나 상황 속에서 자연스럽게 익힌 단어라는 설명을 덧붙이고 대답을 기다렸다. 학생들은 잠시 고민에 빠진 듯 보였다. 책을 넘겨보기도 하고, 연습장 맨 앞 장을 찾아보기도 했다. 한 학생이 말했다.

"빨리빨리. Als ich zum ersten Mal in die koreanische Schule kam, bemerkte ich, dass Koreaner sogar beim Laufen reden und selbst während sie Stühle tragen. Das habe ich auch oft in K-Dramas gesehen und gehört. 한글학교에 처음 왔을 때, 한국 사람들이 뛰어가면서도 말하고, 의자를 옮기면서도 말해서 알았어요. K-드라마에서도 많이 들었어요."

다들 공감한다는 듯 한마디씩 거든다.

"오빠. Als ich in Korea als Babysitterin gearbeitet habe, habe ich oft gehört, wie die Mutter den Vater des Kindes 'Oppa' genannt hat. Am Anfang dachte ich, das sei einfach eine Anrede für den Partner, aber später habe ich die genaue Bedeutung verstanden. 제가 한국에서 베이비시터로 일할 때, 아이 엄마가 아이 아빠에게 '오빠'라고 하는 걸 많이 들었어요. 처음에는 그게 파트너를 부르는 호칭이라고 생각했다가, 나중에 정확한 뜻을 알았어요."

"많이 먹어! Das hat meine Schwiegermutter gesagt. 제 장모님이 하신 말이에요."

첫 단어를 물어보면, 어디에서 어떤 상황에 들었을지 짐작하게 된다. 유튜브를 많이 보는 학생은 비속어를 많이 알고 있기도 한다. 수년 전에 본 예능 프로그램이 생각난다. 한 배우가 프랑스인과 처음 만나는 장면이었다. 그 배우는 본인이 알고 있는 프랑스어가 있다며 두세 마디를 했고, 프랑스인은 무척 당황한 모습을 보였다. 알고 보니, 그 두세 마디는 모두 욕설이었다. 해외 여행지를 보여 주는 한 유튜버는 자신의 여행 노하우를 공개하며, '안녕하세요', '감사합니다'와 같은 기본적인 인사말을 배우는 것보다 그 나라의 욕을 배우는 게 훨씬 도움이 된다고 했다. 간단한 농담과 평범하지 않은 단어를 하나 정도 알고 있으면, 그건 재미로는 괜찮다. 하지만 첫 단어로는 추천

하고 싶지 않다. 반대로 외국인에게 한국어 단어 중 몇 개만 알려 줘야 하는 경우에는 어떤 단어를 선택해야 할까? 정답이 없는 물음이지만, 진지한 고민은 필요하다. 그 몇 개의 단어가 한국어의 세계를 심어 주기도 할 테니.

빨리빨리. 한국인의 급한 성질을 보여 주기도 하지만, 한국의 대중교통 시스템, 인터넷 서비스와 같은 빠른 속도의 편리성을 짐작하게도 한다. 학생들에게 한국의 국가 번호 82를 알려 줄 때면, 한국인의 성격을 너무 잘 보여 주는 번호가 아니냐며 너스레를 떤다. 모두 쉽게 잊지 못할 숫자이자, 한국의 기술을 보여 주는 단어이다.

오빠. 남자 형제를 여자 형제가 부르는 호칭이다. 여성이 자신보다 연상인 남성을 부르는 경우에 쓰이기도 한다. 연인 관계에서 애정 어린 호칭으로도 사용된다. 좋아하는 누군가를 부르는 호칭인 '오빠'는 K-팝을 좋아하는 팬이라면 더욱 큰 의미가 있다. 가족관계를 나타내는 호칭이 다른 나라에 비해 많은 한국에서 '오빠'라는 표현은 많은 의미를 담고 있다. 가족처럼 가까운 관계를 의미하면서도, 성숙한 존재에 대한 애정을 드러내는 말이기도 하다. 많은 관계에 서사를 적용하는 단어이다. 다른 나라에서 이런 쓰임을 볼 수 있을까? 한국이 유일할지도 모른다. 예전에는 한국 드라마 자막에 '오빠'를 '달링(darling)'이나 '허니(honey)'로 번역했지만, 요즘에는 '오빠' 그대로 적는다.

많이 먹어. 상대에게 음식을 친절하게 권하면서 건네는 말이다. 이렇게 따뜻한 단어가 또 있을까? 한국의 정을 담고 있다. 미국에서는 "음식을 즐기세요!(Enjoy your meal!)"라고 하고, 독일과 프랑스에서는 "좋은 식욕을 가지세요!(Bon appétit!)"라고 한다. 한국에서는 "많이 먹어요!"라고 한다. 손님과 가족을 위해 준비한 음식을 앞에 두고, 많이 먹으라고 하는 말은 충분한 양을 의미하기보다는 음식을 준비한 이의 넉넉한 마음을 뜻한다. 이 말을 들어 본 적이 있다면 한국인의 마음을 충분히 받은 것이라고 알려 주었다. 한 번쯤 그 말을 들어 본 적이 있는지, 다들 마음이 배부른 표정을 짓는다.

학생들의 첫 한국어를 들으면서 안도했다. 예전 베를린 수업에서 물었을 때는, 얼굴을 붉힐 수밖에 없는 단어를 듣기도 했다. 욕설과 재미를 넘어서 단어 하나가 조심스러워지는 이유이기도 하다. 작년 봄에 미국으로 건너왔다. 아이는 '땡큐' 한 단어를 익히고 바로 미국 유치원에 들어갔다. 아이에게 유치원에서 하루 종일 가장 많이 들은 단어를 물었다.

"Cool~!(멋지다!) 내가 오늘 뭔가를 할 때마다 선생님도 친구들도 모두 다 쿨~이라고 말했어."

너무 미국스럽지 않은가. 모든 일에 긍정적인 반응을 보여 주고, 작은 것에도 칭찬을 아끼지 않는 나라. 그 모습을 한 음절의 단어가 아이에게 벌써 다 보여 주었는지도 모른다. 아이가 처음 익힌 이 단어처럼, 그 단어가 남긴 좋은 인상처럼, 새로운 땅에서 쿨하게 지내 보길 바라는 마음이 든다. 이 순간 독일 한글학교 학생들의 첫 한국어 단어를 다시 떠올려 본다.

엉엉

서점을 찾아다니는 일은 미국에서도 이어지는 즐거움이다. 아마존이 도서 판매 시장에 들어온 이후 대형 오프라인 서점들이 문을 닫았다. 그럼에도 동네 책방은 그 지역 주민들의 사랑을 받고 있다. 아이 학교 근처에도 독립 서점이 세 군데나 있다. 아이를 학교에 데려다주고 오전 8시면 문을 여는 서점에 가장 먼저 들어가 서점 점원과 책을 함께 나르는 일이 소소한 기쁨이 되었다.

또 하나의 작은 의식도 있다. 소설이나 에세이 코너에서 C, K, L로 시작하는 작가의 이름을 찾는 것이다. 오늘도 만날 수 있게 해 달라는 간절함을 담은 기도가 필요하다. C 코너에서는 Choi, Chung을, K 코너에서는 Kim, Kang을, 그리고 L 코너에서는 Lee를 만난다. 한국 성을 지닌 작가를 찾는 것이 미국 서점에서의 루틴이 되었다. 한국어 원본을 영어 번역서로

낸 책이 아니라, 영어로 쓰인 원본 책을 주로 찾는다. 대부분 교포 2세이거나, 서너 살에 미국으로 이민 온 작가들이다. 신기하게도 이런 작가의 글에는 늘 한국이 등장한다. 이민자인 자신의 이야기를 소재로 삼기도 한다. 책 속 인물이 한국에서 온 부모 세대인 경우에는 한국식 영어가 대화체로 등장한다. 예를 들면, 연기자 선우용녀 씨가 미국 이민 시절에 신호 위반으로 경찰에 걸리자, "Look at me once."라고 말하며 사정했다고 한다. "한 번만 봐주세요." 분명 틀린 표현이지만, 한국 사람이라면 단번에 이해할 수 있는 콩글리시. 한국계 작가들은 소설과 에세이에 콩글리시를 담기도 하고, 어떤 단어는 굳이 영어로 번역하지 않는다. 〈파친코〉를 쓴 이민진 작가는 소설에서 '백일', '돌', '떡' 등을 '100days', '1st Birthday', 'rice cake'로 바꾸지 않고 한국어 그대로 썼다.

동네 서점에서는 지역 출신 작가의 책을 주로 홍보한다. 지역 대학의 장학금과 기금을 받으며 창작활동을 하는 작가도 이 동네 서점의 혜택과 응원을 받는다. 샌프란시스코 베이 지역(SF Bay area)에 살고 있으니, 대체로 서점에서 만나는 작가는 스탠퍼드 대학의 후원을 받는 경우가 많다. 미국 작가로서 대학 후원과 펠로십은 큰 영예일 것이다. C 코너에서 스탠퍼드 대학 창작 펠로십을 받은 Yoon Choi 작가를 알게 되었고, 그의 책을 모두 구해 읽었다. 세 살에 미국으로 이민 간 그의 글에도 역시 한국 가정과 이민자의 이야기가 등장한다. 무엇보다 부모 세대의 영어가 유쾌하게 묘사되어 있는 부분도 흥미로웠다. 그의 단편 소설에 우는 장면이 나오는데, 그녀는 이렇게 옮겼다.

"I cried ung ung"

나는 엉엉 울었다. ung ung을 구글창에 넣어 검색해 보니, 조지아의 한 비영리단체(UNG)가 뜬다. Yoon Choi 작가의 책을 읽는 독자들은 대부분 미국인일 텐데, 이 '엉엉'을 어떻게 해석하고 이해할지 괜히 초조해졌다.

미국에 와서 한글 과외를 하고 있다. 몇 달 전 한국인과 결혼한 소프트웨어 엔지니어 D와 매주 한 번씩 만나 두 시간 동안 한국어를 가르친다. 달달한 신혼 이야기를 듣느라 수업의 절반 이상을 쓰지만, 엔지니어 학생은 부지런히 수업에 참여한다. D는 아내가 만들어 준 김밥을 들고 오기도 한다. 아내의 음식

솜씨를 자랑하고 싶은 마음도 있겠지만, 내 눈에 D는 그녀를 만난 자신을 자랑스러워하는 것처럼 보였다. 어찌 안 그렇겠는가. 그가 한국어 과외를 찾은 건 한국인 아내의 나라와 문화를 이해하기 위해서였고, 아직 배우자 비자와 영주권으로 문제를 겪고 있기도 해서였다. 아내는 영주권을 받아야 미국에서 안정된 신분을 보장받을 수 있고, 직장도 구할 수 있다. 정부가 바뀌면서 영주권 인터뷰 일정이 미뤄졌고, 보낸 서류에 대한 확답조차도 들을 수 없는 상태로 한국과 미국을 오가며 신혼생활을 하고 있었다. 영주권 취득까지 마지막 단계가 남아 있어 불안한 아내의 기분을 풀어 주려고 나에게 한국식 농담을 물어보는 그의 마음은 늘 진심이었다.

Yoon Choi 작가의 글에서 'I cried ung ung'을 발견하고 D에게 보여 주었다.

"What does that mean? 무슨 뜻인가요?"

예상했던대로 D는 'ung ung'이 뜻을 알지 못했다.

"It means 'I cried a lot.' It's kind of like 'boo-hoo.'

It's an onomatopoeia. It describes the sound of crying. '나는 많이 울었다.'란 뜻이에요. 영어의 'boo-hoo'와 비슷하죠. 소리 내 우는 걸 의성어로 표현한 거예요."

D는 입으로 '엉엉'을 소리 내 보고 말했다.

"It sounds sad. 슬픈 느낌이네요."

D가 가라앉은 표정으로 말했다. 집에 가는 길에 슬픈 학생의 얼굴을 떠올리며 'ung ung'을 소리 내 보았다. 그의 말이 맞았다. 슬픔을 지닌 소리.

회사 점심시간을 한글 과외에 쓰고 있던 D가 수업 한 시간 전에 취소 문자를 보내왔다. layoff(해고)가 비일비재하게 일어나는 실리콘밸리라, 직장을 잃었는지 걱정하며 괜찮다는 답장을 보냈다. 그날 저녁에 D에게서 연락을 받았다. 아내의 아버지가 돌아가셨는데, 영주권 마지막 절차 때문에 출국할 수 없다는 내용이었다. 대사관에 문의를 해 봤지만, 답을 들을 수 없어서 지금 공항에서 대기하고 있다고. 답이 오는 대로 바로 한국행 비행기를 타려고 한다고…. 직접 만난 적은 없지만, 단정하고 예쁘게 싼 김밥 모양만으로도 D의 아내를 떠올릴 수 있었다. 그가 부디 가장 빠른 한국행 비행기를 무사히 탈 수 있게 되기를 기도했다. 하지만 그는 애석하게도 그날 한국행 비행기에 타지 못했고, 다음 날도 그다음 날도 한국으로 떠나지 못했다. 비자 문제가 해결되지 않은 것이다. 결국 포기하고 집으로 돌아간 D에게서 문자를 받았다.

선생님, she cried ung ung.

한글학교에서는 들리지 않는 말

한식이 그리워지면, 구글맵에 검색어로 'korean restaurant'을 넣어 본다. 나열된 식당 이름을 읽다 보면 카테고리를 나눌 수 있다. 하나는 지역 이름이다. 한국식당, 서울식당, 부산역, 전주집, 강남식당…. 주의할 것은 식당 주인이 그곳 출신이라고 착각해선 안 된다는 점이다. 독일 하노버의 부산식당에서는 한국을 한 번도 가 본 적 없는 베트남 하노이 출신의 사장님이 국수를 말아 주었다. 맛이 없었다는 뜻은 아니다. 남편과 함께 남은 국물까지 맛있게 먹고 두둑한 팁을 테이블에 두고 나왔다. 미국 산호세의 전주식당에서는 비빔밥을 만족스럽게 먹고 혹시 셰프님 고향이 전주인지 물었는데, 산티아고(칠레의 수도)라는 답변을 들었다. 지역명이 들어간 식당 이름은 간판을 제작한 한국인 사장님의 아이디어가 아니었을까?

다른 하나는 외국인이 발음하기는 어렵지만, 한번

읽으면 잊기 어려운 한국 단어이다. 알파벳으로 표기되어 있어 한국인들도 단번에 알아채기 어렵다. 소리내어 읽고 나서야 간판의 뜻을 알 수 있다. (한번 소리 내어 읽어 보세요.)

Kochukaru, Mukja, Matjib, Kunjib···

유독 마음이 가는 간판은 가족 호칭이 들어간 이름이다. 이모네, 고모집, 할머니 손맛, 엄마집···. 한글로 또박또박 적혀 있고, 때로는 시간의 때가 묻어 허름해 보이기도 한다. 그렇게 찾아 들어간 식당에서는 할머니, 엄마, 이모가 포근하게 맞아 주고, 푸근하게 한 상 먹을 수 있을 것만 같다. 나는 별점으로 식당을 고르기보다는 주로 간판 이름으로 고른다. 이왕이면 엄마의 손맛이 느껴지는, 할머니의 정이 담겨 있을 것 같은 곳으로. 식당 이름에 가족이 들어가면 마음에 이끌려 발걸음도 가듯이, 해외에서 가족은 늘 애틋하다.

토요일 한글학교에서 듣는 호칭은 특별하다. 한국인 엄마 손을 붙잡고 들어오는 학생들이 있다. 독일인 아빠를 닮았지만 '엄마'를 정확하게 소리 내 부르는 학생. 한국어가 서툰 아빠를 대신해 할머니와 오는 학생은 'Grandma' 혹은 'Oma'라 부르지 않는다. '할모니'. 할머니는 어린 손자 손녀를 데리고 오는 이른 아침에 떡까지 만들어 온다. 자신의 뿌리를 잊지 않으려는 손자 손녀를 위해, 그리고 함께 공부하는 아이들을 위해 매주 정성껏 한국 간식을 챙긴다. 우리는 매주 할모니의 떡과 수정과를 먹었다.

한국어를 하지 못하는 독일인 아빠도 아이와 대화할 때 '엄마'와 '할머니'는 한국어 그대로 칭한다. "엄마 is coming.", "할머니 made this." 대체할 수 없는 단어라는 생각이 들기도 한다. 외국 생활을 하면서 여전히 적응이 안 되는 것 중 하나가 '엄마'와 '할머니'를 이름으로 부르는 경우이다. 독립적이고 평등한 존재임을 나타내는 것이겠지만, 아직은 듣는 것도 부르는 것도 어색하고 불편하다. 엄마는 엄마고, 할머니는 할머니여야만 한다는 고집을 부리고 싶다. 한글학교의 학생들처럼. 한글학교에 'Grandma'나 'Oma'는 없다. '할모니'는 있다. 'Mama'나 'Mom'은 없다. '엄마'만 있다.

숫자는 0부터, 계절은 가을부터

　손가락으로 숫자를 세어 보세요. 우리는 손바닥을 쫙 펴고 손가락을 하나씩 접으면서 세지만, 미국이나 유럽에서는 주먹을 쥐고 엄지손가락부터 하나씩 펴면서 센다. 숫자 넷을 외치며 약지 손가락을 펴는 것이 어려운 이유는 어릴 때부터 손가락을 접으면서 숫자를 배워서일 것이다. 독일 학생들은 학교에서 숫자를 처음 배울 때 주사위와 손가락 열 개를 이용한다. 숫자를 1, 2, 3 기호로 배우는 것이 아니라, 주사위의 점 위치(짝수와 홀수가 각각 규칙이 있다.)와 손가락 모양을 통해 그림으로 인식하며 배우는 것이다. 학생들에게 물건 개수를 손가락으로 알려 주다가 어리둥절한 표정을 여러 번 보았다. TOPIK 준비반 수업 중에 "사진 속에 책은 몇 권이지요?"라고 물었다. 책은 두 권이었다. 손가락 두 개를 브이(V)* 모양으로 세워 흔들자 학생들이 피식피식 웃는다.

"Meinen Sie fünf Bücher? 다섯 권이라는 뜻이에요?"

　한글학교에서는 한국어와 한글이 먼저이지만, 한글학교가 독일에 세워져 있는 이상 독일 문화를 완전히 배제하기란 어렵다. 학생들은 한국 문화를 그대로가 아니라 독일 문화에 기초한 상태에서 받아들인다. 숫자를 1부터 가르치는 우리와는 다르게, 독일에서는 0부터 가르친다. 그래서 손가락으로 숫자로 셀 때 0을 상징하는 주먹을 쥐고 시작하는 것이다. 건물도 1층이 아닌 0층부터 시작한다. 지상 1층을 0층이라고 부르고, 지상 2층은 1층이다. 독일 유학 시절 0층집에 살 때였다. 한국에 계신 엄마는 매달 택배를 보낼 때마다 '물먹는 하마(제습제)'를 빠뜨리지 않았다. 0층이라는 말을 듣고 내가 지하방이라도 구한 줄 알고 내내 마음을 졸이셨던 모양이다.

　계절도 조금 다르게 바라본다. 우리는 '봄'이라면 입학식을 떠올리고, 시작을 알리는 계절로 생각한다. 봄, 여름, 가을, 겨울. 나무도 학생들도 봄에는 싱긋싱긋 돋아나고 여름에 푸르게 익어 가을에 풍성히 거둔 후 겨울에 쉼을 갖는 우리에겐 익숙한 계절의 순서이다. 독일과 미국에서는 새 학년 새 학기가 가을에 시작한다. 가을, 겨울, 봄, 여름. 가을에 1학년에 입학한 아이는 자연 수업 첫 시간에 가을을 배웠다. 미국에서 자라는 아이에게 가을은 새로움이 가득한 설렘을 갖는 계절이다. 아이와 나는 계절의 감각이 달라지고 있다.

독일과 미국의 한글학교도 9월에 입학식을 하고 개강을 한다. 다음 해 여름에는 졸업식과 종업식을 한다. 9월에는 주로 날씨와 계절을 주제로 수업을 한다. 가을은 낙엽처럼 떨어져 저물어 가는 시간이 아니라, 이듬해의 결실을 위해 준비하는 계절이다. 바스락거리는 가을의 정취 위로 새 학기의 기대가 촉촉하게 올라온다. 한글학교 시간 동안 나의 계절 감각은 거꾸로 흐른다.

0과 가을. 시작의 다른 감각. 학생들의 문화를 이해하면서 수업을 진행하는 일에 시작은 있어도 끝은 없다. 늘 공부해야 하는 교사의 의무를 또다시 느낀다. 한국어 교사는 외국 문화도 공부하고 있다. 그걸 알아 주길 바라는 귀여운 생색을 눈치채 주기를….

· V는 로마 숫자로 5이다.

핑크색의 비밀

10년 전, 미국 뉴멕시코주의 주립 대학교에서 영어를 배운 적이 있다. 일주일에 세 번, 세 시간씩 수업을 듣고 대학 도서관에서 다섯 시간 숙제하고 복습하던 그때 영어 실력이 부쩍 성장했다. 그때의 원동력은 영어 실력을 늘리고자 하는 열정이 아니라, 영어 선생님에게 인정받고 싶은 욕구였다. 당시 이미 30대였지만, 10대 아이들처럼 칭찬에 춤을 추고, 틀린 문제에 흔들렸다. 정확히는 영어 선생님의 칭찬에 기뻐하고, 선생님 앞에서 실수하는 모습을 부끄러워했다. 그만큼 영어 선생님의 역할과 위치가 당시 ESL 학생이던 나에게는 무척이나 크게 느껴졌다.

독일어를 가르치는 선생님이 되자, 외국어를 배우던 과거 ESL 학생이었던 모습이 종종 떠올랐다. 외국어 수업에서는 교사의 역할이 중요하다. 특히 한국어를 배우는 KFL 학생들의 경우는 더욱 그러하다. 외국어 학습 유형은 보통 두 가지로 나뉜다. 제2언어로 배우는 것과 외국어로 배우는 것. 영어의 경우 외국어로 배우는 것을 EFL(English as a Foreign Language)이라 한다. 보통은 영어권 국가가 아닌 곳에서 영어를 배우는 것을 말한다. 학습의 목적은 학업, 시험을 치르고 자격을 얻는 것이다. 우리가 한국에서 배운 영어가 바로 EFL에 속한다. 한편 ESL(English as a Second Language)은 제2언어로서의 영어를 뜻한다. 미국, 영국, 호주 등과 같은 영어권 국가 내에서 일상생활의 의사소통을 위해 배우는 것이다. 주로 유학생과 이민자가 배우는 언어이다. 한국어 학습도 마찬가지다. 외국인이 한국에서 생활하며 대학교 어학당에 다니며 배우는 한국어는 KSL(Korean as a Second Language)에 해당한다. 한국어에 많이 노출되는 환경이고 한국어가 생활 언어(L2)로 기능한다. KFL(Korean as a Foreign Language)은 한국 밖의 비한국어권 국가에서 한국어를 배우는 경우이다. 학습 대상 언어로 문화 혹은 취미를 즐기거나, 학문적 관심을 충족하거나, TOPIK을 치르려는 목적으로 배운다. 한글학교에서 한국어를 배우는 경우가 이에 해당한다. 내가 가르치는 학생들은 KFL에 속한다. 학생들이 한국어를 접할 수 있는 통로는 한글학교가 유일하다. 원어민 한국인을 직접 만날 기회도 한글학교 밖에서는 드문 것이 현실이다. 한글학교 교사가 KFL 학생들에게 아주 중요하다는 뜻이기도 하다.

수업을 잘하는 것. 정확한 한국어 정보를 전달하는 것. 교재를 활용하는 것과 숙제 지도를 정성껏 하는 것 등 한국어 교사에게 중요한 자질이 많은데, 그중에 하나가 자신감을 불어넣는 것이다. 새로운 언어를 배우는 일은 아주 작은 재료부터 차근차근 모아서 쌓아 올리는 과정이기 때문에, 작은 실수에도 무너지거나 흔들리는 일이 잦다. 그 어떤 취미보다 포기하기 쉬운 것이 외국어를 배우는 일이라고 한다. 하나하나의 재료가 서로 엮여 단단한 형태를 갖추기까지는 긴 시간과 노력이 필요하다. 긴 여정의 외국어 학습에서 자신감을 잃어버리는 일은 가장 위험하다. 그 과정에서 한국어 교사는 학생의 부족한 부분을 끊임없이 파악하고, 그 약한 부분이 포기의 이유가 되는 것을 막아야 한다. 부족한 부분을 채워 주는 것도 중요하지만, 부족함이 드러났을 때 오히려 자신감을 갖도록 도와주는 것이 교사의 큰 자질이라고 생각한다.

미국 유학 시절 내가 배운 영어의 핵심은 화려한

어휘나 정교한 문법이 아니었다. 돌이켜 보면 그것은 결국, 서툰 말 뒤에 기죽지 않는 '자신감'이었다. 그 자신감은 영어 선생님의 "따봉!"에서 나왔다. 토론으로 진행되던 수업 시간에, 긴장은 했지만 무사히 마지막 문장까지 쏟아 내고 나면, 선생님은 늘 엄지를 들어 힘차게 흔들어 주었다. 그때마다 떨렸던 몸은 자신감으로 들썩였다. 한글학교 학생들도 마찬가지다. 더듬더듬 마지막 문장까지 읽고 나면 늘 교사인 나를 쳐다본다. 나는 아주 잘했다고 따봉에 따봉, 쌍따봉을 보여 준다. 빨갛게 달아오르며 긴장했던 학생들은 그제서야 안심하며 웃는다. 웃음 속에 자신감이 붙는 것이 보인다.

KFL의 경우 한국어 노출이 KSL에 비해 현저히 적다. 한국에서 한국어를 배우는 것이 아니니 당연한 일이다. 한국어가 능숙하지 않은 학생에게 K-드라마를 권하거나, K-팝을 들으라고 하는 것은 무리다. 이럴 때 노출 빈도를 높이는 방법은 약간의 의무가 따르는 숙제를 내 주는 것이다. 숙제를 내 주면 하루에 10분이라도 한국어를 접하는 기회가 생기지 않을까 하는 바람에 매주 학생들에게 종이를 내밀었다.

"다음 주 토요일까지 꼭 해 오세요."

아무리 나이가 많아도 한글학교 학생이 되면 숙제를 피할 수 없다. 어렵거나 하기 싫어서 끙끙 앓은 흔적도 보이고, 버스에서 급하게 한 티가 나기도 한다. 그런 숙제를 보고 있으면, 누구나 학생이 되는 건 기꺼운 일이 아니란 생각이 들었다. 귀여운 투정이 가득한 숙제에 첨삭할 때는 늘 핑크색 펜을 사용했다. 빨간색을 사용해서 틀린 부분을 고쳐 주는 것은 조금 잔인해 보인달까. 검정색과 파란색을 주로 사용하는 독일 학생들에게, 선명한 빨간색으로 수정하거나 지적하는 일은 피하고 싶었다. 핑크색이라고 해서 크게 다를까 싶었지만, 내 맘을 알아주는 학생들이 숙제를 제출하며 말했다.

"Ihr Pink und Ihr 'Daumen-hoch' machen mir immer gute Laune. 선생님, 핑크색이랑 따봉은 늘 기분이 좋아요!"

종종 자신감 없는 한국어 교사의 모습을 숨기려고 핑크색과 쌍따봉으로 필사적인 애교를 부리는 나를 오히려 학생들이 응원하고 있었다.

직접 만드는 부교재

한글학교 수업을 준비하는 일에는 적잖은 시간이 들어간다. 교재와 수업 방향에 대해 많은 도움을 준 전임 교사는 대학원 박사 과정의 바쁜 일정 중에도 매주 정성 들인 수업으로 학생들에게 높은 수업 평가를 받았다. 그가 떠나면서 몇 가지 팁을 주었는데, 그중에 하나가 수업 준비는 매일 해야 한다는 것이었다. 한 주, 두 주가 지나면서 그가 남긴 조언이 실감이 났다. 준비해야 하는 양이 많기도 했고, 찾아야 할 자료도 만만치 않았기 때문이다. 재외동포청에서 지원받은 교재의 진도에 맞춰 한국어를 준비하지만, 매주 어휘, 듣기, 문법, 쓰기, 말하기 순서에 맞춰 직접 부교재를 만들어야 했다. 교재의 설명만으로는 학생들이 온전히 이해하기 어려운 부분이 많고, 집으로 돌아가 혼자 풀어 볼 연습문제가 부족해서 부교재 제작은 필수였다. 월요일부터 수요일까지는 대부분 이 부교재를 만드는 것에 시간을 할애한다. 더 나은 표현은 없는지, 그 표현이 들어간 신문 기사나 드라마 대사는 없는지 검색해 본다. 어휘는 단어 단위로 외우는 것보다 예문의 도움을 크게 받으니, 문장 예시에 신경을 쓴다. 예문에는 한국과 관련된 소재를 넣고, 반드시 독일과 관련된 문장도 함께 만든다. '~마다'라는 표현을 배울 때에는 부교재에 예문 두 개를 이렇게 넣었다.

예1 수현이는 아침마다 삼각김밥을 먹습니다.
예2 요나스는 아침마다 뮤즐리(Müsli)를 먹습니다.

이미지 정보는 언어 정보보다 이해하기 쉽고 오래 잊히지 않는다. 외국어 학습법에서 시각화를 강조하는 이유이기도 하다. '수현'이라는 이름은 한국에 흔하기 때문에 한국 사람이라면 누군가를 떠올리거나 비슷한 이미지를 떠올릴 수 있다. '삼각김밥'도 마찬가지다. 예1 을 읽을 때 우리는 수현이라는 인물이 아침마다 편의점에 들어가 삼각김밥을 사는 걸 떠올리거나, 전자레인지에 삼각김밥 돌리는 장면을 상상할 수 있다. 하지만 독일 학생들에게는 '수현'이라는 이름이 익숙지 않고, 모음에 'ㅕ'가 없는 독일어 사용자에게는 발음하기도 어렵다. (학생들이 내 이름을 제대로 불러 줄 그날만 기다린다는 내 농담은 진지하다.) '삼각김밥'도 마찬가지다. 최근에는 일본식 주먹밥인 오니기리가 독일 MZ 세대에 인기를 끌고 있어서 대충 이미지를 그릴 수는 있지만, 아침마다 먹는다는 그림까지는 어렵다. 예2 의 문장에서는 자연주의적이며 자기 관리를 잘하는 사람을 연상시키는 이름을 지닌 '요나스'가 아침마다 건강식인 뮤즐리를 먹는 걸 떠올릴 수 있다. 이처럼 '~마다'가 규칙적이고 반복적인 활동을 표현하는 한국어 조사라고 알려 주면서, 활용할 때 자동으로 연상되는 이미지가 그려질 수 있는 적절한 예문을 찾기 위해 애쓴다.

부교재가 필요한 또 다른 이유는 교재의 듣기 파트가 부적합하기 때문이다. 한국에서 지원받은 교재는 대부분 교환 학생이 쓰거나 한국 대학교 내 사립 어학당에서 사용한다. 대부분 유학생과 어학원생이 대학교나 한국 생활에서 쓸 한국어를 주로 다룬다. 기숙사 생활, 새 학기 수강 신청하기, 캠퍼스 내 활동에 관련된 내용이다. 듣기 파일도 기숙사에서 만난 두 학생이 인사를 나누는 대화이고, 한국 학생에게 교환 학생이 수강 신청 도움을 청하거나 캠퍼스에서 동아리 모집 포스터를 읽고 전화하는 내용이다. 교환 학생으로 한국행을 준비하는 한 명을 제외하고는 직접적인 도움을 받을 수 있는 듣기 수업이 아니기에 듣기용 부교재도 따로 만든다. 주로 K-드라마의 대화 장면을 가져온다. 엄마 학생과 딸 학생을 위해 모녀의 대화를 스크립트로 만들기도 하고, 한국 취업을 준비하는 학생을 위해 한국의 직장 생활을 담은 드라마 한 장면을 보여 주기도 한다. 커플 학생을 위해 달콤한 한국 로맨스 코미디를 보여 줄 때면 반 전체가 함께 달달해지기도 한다.

부교재를 준비하면서 문법 부분에는 한국어 밑에 독일어 번역과 독일어 해석을 꼭 챙겨 넣는다. '품사', '어근', '접사'와 같은 단어는 한국 사람들에게도 쉽게 다가오지 않는다. 한국어를 문법이 아닌 리듬이 담긴 모어*로 배웠기 때문이다. 모어가 아닌 외국어로 배우는 사람에게 문법 용어는 어렵다. 대부분 한자어이기 때문에 구체적인 설명이 없는 한 그저 2음절의 고난도 어휘로 분류된다. 부교재는 주로 한국어로 쓰려고 하지만, 문법 부분에는 독일어 번역이 필요하다. 단어 자체의 번역만으로는 이해하기 어려우니, 독일어로 용법에 대한 구체적인 설명을 적어 둔다. 부교재는 집에서 혼자 복습하는 용도로도 사용되기 때문에 '부사', '어미', '보격'과 같은 단어 몇 개를 읽다가 한국어를 포기하거나, 한국어 교사를 원망하는 일이 없도록, 부교재는 꾸준히 정성을 다해 최대한 친절하게 만들고 있다.

• 모어를 음의 높낮이, 강세, 속도 같은 운율적 특징으로 배운다는 '운율 부트스트래핑(Prosodic Bootstrapping) 이론'이 있다.

독일어 수업 듣기

독일어로 한국어를 가르치는 일에는 (나의 경우) 두 가지가 필요하다. 독일어와 한국어. 단순하다 못해 조금은 바보 같은 답일지도 모르지만, 수업을 준비하면서 두 가지 모두를 준비했다. 한국어는 교재에 맞춰 준비하고, 두 시간 동안 진행될 수업의 방향을 잡고 나서는 독일어로 예행연습을 한다. 연습할 때 실제 수업처럼 독일어로 하지 않으면, 수업 중에 단어가 생각나지 않거나, 말이 꼬이는 경우가 종종 있다. 독일어가 모국어처럼 자유롭지 않고, 타고난 발음과 습관처럼 박힌 한국식 억양이 늘 문제가 된다. 그걸 알기에, 한국어 수업 준비에는 독일어 공부가 필수 항목으로 뒤따른다. 이 책을 쓰면서 이제야 고백하지만, 한국어 교사로 일하면서 매주 독일어 과외를 빠지지 않고 받았다. 사실 과외를 받아야만 했다. 발음 교정과 문법 수업 위주로.

한국어를 독일어로 가르치는 동안에는 한국어를 독일어로 직역하는 일이 많고, 한국어가 먼저 떠오르고 독일어가 나중에 나오는 경우가 잦으니, '한국어식 독일어'를 쓰곤 했다. 콩글리쉬(한국어식 영어, Korean+English)나 댕글리쉬(독일어식 영어, Deutsch+English)처럼 수업 시간마다 코이치(한국어식 독일어, Korean+Deutsch)를 만들어 사용한 것이다. '코이치'라는 단어 역시 부끄러운 마음으로 직접 만들었다. 우리 반 학생들은 알 것이다. 이 의미와 코이치 활용 예문도.

특히 정관사 관련 코이치 실수를 많이 했다. 독일어에는 남성, 여성, 중성 격을 나타내는 정관사가 있고, 그 정관사를 목적격, 소유격, 여격으로 바꿔서 사용한다. 예를 들어 '사과'는 독일어로 'Apfel'이다. 여기에 남성을 나타내는 정관사 'der'를 붙여서 보통 'der Apfel'이라고 쓴다. 독일에서 독일어를 배운 아이 역시 사과를 가리키거나 지칭할 때 'Apfel' 대신 'der Apfel'이라고 말하고 쓴다. 덧붙여 사과를 '그'라고 부른다. 그리고, 목적격으로 '사과를'을 표현할 때는 'den Apfel'이라고 쓰고, '사과에게'는 'dem Apfel'로 적는다. 한국에서는 '사과 먹을래?'라고 묻지, '사과를 먹을래?'라고 하지 않는다. '물 마실래?'는 익숙하지만 '물을 마실래?'는 어색하다. 반면 독일 사람들은 den, dem과 같은 격을 나타내는 정관사를 꼭 사용해야 한다. 정관사가 없으면 마침표(.)가 없는, 완성되지 않은 문장이나 다름없다. '을/를' 목적격 조사를 사용하지 않는 한국 구어체에 익숙해서인지 한국어를 독일어로 번역할 때 자꾸 정관사를 빼먹는다. 학생들의 얼굴에서 뭔가를 잃은 듯한 표정이 보이면, '내가 또 코이치를 썼구나.' 하면서 미안한 마음이 든다.

발음도 마찬가지다. 수업 중에 한국어 발음을 신경 써서 알려 주면서도 독일어 발음 역시 간과할 수 없다. 특히 어려운 발음이 몇 개 있는데, 대부분 R이 들어가거나 S와 Z의 구별에서 생기는 실수들이다. 독일어 과외 선생님을 통해서 발음 교정을 받았지만, 신경 쓰지 않거나 말을 빨리할 때면, 습관처럼 굳어진 발음이 불쑥 나왔다. 습관이 무섭다는 말은 틀리지 않았다. 수업 예행연습 때면 습관을 피하기 위한 습관을 만들기 위해 힘을 더 들였다. 반복해서 틀리지 않기 위한 프로젝트였다. 독일어 R은 후설음으로 목젖 뒤를 살짝 긁으면서 진동시켜 내는 소리이다. 그를르르르르. 가글할 때 내는 소리와 가깝다며 과외 선생님은 양치보다 가글을 더 오래 하라는 팁을 알려 주며 숙제를 내 주었다. R 소리를 제대로 내지 않으면 L 소리와 구분되지 않아 학생들이 알아듣지 못했다. 학생들에게 "질문하세요!(Fragen Sie!)"를 "불평하세요!(Klagen Sie!)"라고 말하면 안 되니까 각별히 주의해야 한다.

독일 유학 시절에 독일어 공부를 열심히 했지만, 실력은 여전히 부족하게 느껴지고 더 잘하고 싶은 욕심이 생긴다. '외국어 공부는 평생'이란 말이 딱 들어맞는다. 한국어 수업으로 얻은 수많은 혜택 중 하나가 아이러니하게도 독일어 실력이다. 독일어를 고등학교에서 제2외국어로 배운 대학 선배들이 독일 유학을 결정한 나에게 자랑스럽게 알려 준 노래가 있다. "데어 디 다스 디~ 덴 디 다스 디~ 뎀 데어 뎀 덴~(der die das die- den die das die- dem der dem den~)" 당시에는 웃어넘겼던 선배들의 독일 정관사 응원이 새삼 떠오르며 고마워진다.

한글학교의 변화

한글학교가 '한글'만 배우는 곳이라는 편견을 극복하고자 심각하게 개명을 고려하던 때가 있었다. 한글뿐만 아니라 한국어와 한국 문화를 가르치고 배우는 곳이니, 다양한 의미를 내포하는 이름을 찾고 싶었다. 돌고 돌아 한글학교보다 나은 이름은 없을 거라는 생각이 들었다. 이름뿐만 아니라 한국어와 한글을 배우기에 한글학교보다 나은 곳이 없다는 걸 알려 주고 싶었다. 분명 그 과정에서 한글학교의 역할은 재정립될 필요가 있었으며, 더불어 새로운 여정도 모색해야 했다.

아이가 외할머니에게 보낼 연하장을 준비하고 있었다. 아이는 크리스마스 트리를 둘러싸고 고양이들이 놀고 있는 그림의 카드를 골라 한글로 또박또박 적었다.

할머니 메리 크리스마스

　할머니에게 하고 싶은 얘기를 이어서 쓰라고 하자, 아이가 망설였다. 하고 싶은 말은 있지만, 적지는 못하겠다며 펜과 카드를 나에게 내밀었다.

　"엄마가 대신 적어 줘."

　한글학교 운영에 뛰어들어 교사직까지 맡게 된 결정적인 이유는, 내 아이가 오래도록 머물며 배울 수 있는 터전이 사라지지 않기를 바라는 마음이었다. 바로 그곳 한글학교에서 아이가 한글을 익히는 것은 물론, 한국의 명절과 역사도 온전히 배워 가길 바랐다. 나의 그 마음까지만, 딱 그만큼만 아이가 하고 있었다. 한글로 '메리 크리스마스'를 쓰고, 설날에는 떡국을 먹고, 추석에는 송편을 빚어 먹는다는 것까지만 알았다. 모국어로 마음을 전하고 생각을 적는 일까지는 하지 못하는 아이에게 다시 펜을 쥐어 주며 슬프게 가라앉은 목소리로 말했다.

　"여기 아래에 '할머니 보고 싶어요.'라고 쓰자."

아이가 적어 내려가는 글자를 보면서 한글학교의 방향에 대해 생각했다. 순천 할머니들의 시와 일기를 담은 〈우리가 글을 몰랐지 인생을 몰랐나〉가 떠올랐다. 여든을 앞둔 할머니들이 뒤늦게 한글을 배워 자신의 인생을 글과 그림으로 표현한 책. 한 장 한 장이 깊고 짙고 간혹 어떤 글은 절절했다. 남들보다 조금 늦었지만 자기 이름 석 자만은 써 보고 싶다던 할머니들. 이제는 이름을 넘어 당신들의 인생이 고스란히 담긴 글과 그림을 세상에 남겼다.

아이가 외국 생활을 하는 동안 한글학교에 다녔으면 하는 바람이, 한글학교 이름 때문에 많은 사람들이 오해하고 있다며 억울해하던 내 모습과 너무나 모순된다. 결국 나조차도 많은 이들이 그러하듯, 한글학교를 그저 '한글'이라는 문자만 습득하는 공간으로 한정 지어 생각하고 있었다. 한글을 배운 아이가 자신의 생각과 마음을 모국의 언어로 표현하길 바랐어야 했는데…. 글을 배우는 방향조차 제대로 잡아 주지 못한 엄마가 한글학교 운영자였다니, 큰 부끄러움을 느낀다.

아이의 연하장 사건을 통해 한글학교의 존재 이유

를 원점에서부터 다시 생각하게 되었다. 단순히 글자를 깨치는 것을 넘어, 자신의 마음을 담아내는 글쓰기가 우리에게 왜 필요한지 깨달은 순간이었다. 한글학교에 새로운 학생을 모집해 보면 어떨까? 한글, 내 나라 말로 마음껏 풀어내는 해외 생활과 그리움 등을 담는 글쓰기 반. 읽기에는 많은 시간을 할애하면서도 쓰기에는 인색한 한국 교포들을 모아 봐야지. 내가 쓴 글을 읽어 주고 공감해 줄 독자는 한글학교에 넉넉하니 얼마나 든든한 일인가. 20대 유학생 환영, 30대 국제 커플과 직장인 환영, 4~50대 이민 가정 환영, 6~70대 아니 6~80대 재외동포 매우 환영. 포스터에 잊지 않고 적기로 한다.*

---

* 계획했던 일은 결국 무산되었다. 잠시 포기했던 계획은 미국에서 만난 1, 2세대 교포들을 통해 실현되었다. 교포들을 모아 글쓰기 반을 운영해 보고 싶다는 바람이 동네 한인 북클럽에 지인을 통해 전달되었다. 한 달에 한 번 일곱 명의 재외동포들이 모여 함께 쓰고 합평을 한다. 읽기로 모인 북클럽 회원들이 이제는 쓰기로 모여 각자 꺼내지 못했던 얘기를 모국어로 써내려 가는 중이다. 한글이 아닌, 글을 적고 있다.

빙고게임

한글학교 고급반 수업은 빙고 게임으로 시작한다. 새 학기를 시작하면서 수업의 초반 워밍업도 재미 위주로 조금 변화를 주었다. 지난 시간에 배운 어휘를 한 줄에 적어 두고 다른 한 줄에 뜻을 적어 내라는 복습용 쪽지 시험은 반응도 효과도 그다지 좋지 않았다. 부지런하고 암기력이 뛰어난 학생 한두 명에게만 적용되는 시험이었고, 다른 학생들은 매번 딴생각을 하거나 교재를 뒤적이면서 시간을 보냈다. 일주일에 한 번, 두 시간 동안 만나는 짧은 수업이라 10분도 아깝게 느껴졌다. 한두 명이 아닌 모두가 적극적으로 임할 수 있는 복습 방법을 생각해 냈다. 게임으로 결정했다. 게임을 진행한다고 하자, 방학 기간에 당시 유행하던 〈오징어 게임〉 시리즈를 다 보고 온 학생이 의미심장한 표정을 지으며 말했다.

"Koreaner spielen gern. 한국 사람들은 게임을 좋아해요."

가로 다섯 칸, 세로 다섯 칸, 총 스물다섯 개의 빈 칸이 그려진 종이를 학생들에게 나눠 주었다. 이때를 노려서 '가로', '세로', '대각선'을 한국어로 알려 주면서 추가로 준비한 다른 종이를 건넸다. 그 종이에는 지난 시간에 배운 한국어 단어 50개를 적어 두었다. 착하다, 학생, 훌륭하다, 교실, 교사, 배우다, 공부하다, 수업, 강의, 책상, 의사, 간호사, 의자… 빙고의 주제는 직업과 형용사라고 알려 주었다. 50개 단어 중에서 직업과 형용사를 찾아 스물다섯 개의 빈칸에 채우면 된다고 하자, 모두 50개의 단어에 집중하기 시작했다. 읽기 싫어도 다 읽어야 하는 문제를 낸 출제자의 의도를 파악하길 바라면서 학생들의 빨라진 손을 바라봤다.

50개 단어의 뜻을 모두 알아야 하기에 핸드폰을 꺼내 사전을 찾는 학생도 있고, 찾아낸 단어를 형광펜으로 긋는 학생도 보인다. 뭔가 규칙을 알아냈다는 듯 고개를 끄덕이며 순식간에 한 줄을 채우는 학생도 있고, 아직 찾아내지 못한 마지막 단어 한 개를 애타게 찾아 헤매는 손길도 보인다. 모두 적극적이고 심지어 뜨겁게 불타는 승부욕까지 보인다. 50개 단어에서 25개를 찾아야 하는 빙고 게임을 통해 어휘를 늘

릴 수 있지만, 한국어 규칙도 파악할 수 있다. 예를 들어 직업을 나타내는 단어 중에는 '-사'로 끝나는 경우가 많다거나, 형용사와 동사의 형태가 달라 구분이 쉬운 독일어와 달리 한국어에서는 '-다'와 같이 어미가 동일하기에 분류해서 숙지해야 한다는 점도 알 수 있다. 나름대로 규칙을 찾아 가면서 어휘를 흥미진진하게 익힐 수 있는 방법이 되지 않을까 싶어 시작한 빙고 게임은 첫날부터 인기가 좋았다.

이제 한 명씩 돌아가면서 단어를 말해야 한다. 수줍음이 많은 학생은 말하기 파트에서 뒤로 빼기도 하는데, 이 빙고 게임 시간에는 예외가 될 수 없다. 한 명씩 한국어 단어를 말하고 독일어로 뜻을 말해야 한다. 다섯 줄을 먼저 완성한 사람이 빙고를 외치기로 했다. 이미 한 줄이 완성된 학생은 입꼬리가 올라가고, 맞은편 학생은 방금 외친 단어를 빙고 칸에서 찾느라 눈이 바빠진다. '의사'를 '의자'로 잘못 썼다는 학생이 손을 들어 한 번만 봐주라며 애교를 부리자, 모두 웃으며 동의했다. 세 줄이 완성된 학생은 벌써 네 줄인 사람이 있냐며 긴장했고, 네 줄을 그은 학생은 살짝 나를 쳐다보며 윙크를 했다. "제발, 제발"을 외치며 자신이 원하는 단어 하나가 나오기를 바라던 학생이 결국 외쳤다. "빙고!"

빙고 게임 승자에게는 한국에서 엄마가 보내 준 진공 팩에 담긴 볶음김치를 주었다. 갑작스러운 게임과 뜻밖의 우승 상품에 모두들 흥분했다. 모두 참여해서 더 즐거웠던 복습용 빙고 게임. 매주 단어의 주제가 바뀌고 어려운 어휘가 더 많아졌지만, 게임은 게임이라 모두 신나는 마음으로 열렬히 동참했다. 첫날 한국 사람들은 게임을 좋아한다고 했던 학생의 말이 떠오른다. 비단 한국 사람만이 아니라, 모든 사람들은 게임을 좋아한다. 〈오징어 게임〉 시리즈의 흥행 요인은 한국 사람이 게임을 좋아해서가 아니라, 전 세계 사람들이 게임을 즐기기 때문이라고! 부디 오해가 풀렸길 바란다. 상금이 456억 원은 아닐지라도, 볶음김치 한 팩만 내건 게임에 기꺼이 응할 참가자는 분명히 있을 거라는 가능성을 확인했다. 다음 빙고 게임도 준비한다. 상품은 달고나로 정했다.

뮌헨, 베를린을 모르는 독일 학생들

독일 슈투트가르트에서 박사 후 연구원으로 독일 국립 연구소에서 일했던 남편은 독일어를 하지 못한다. 심지어 "독일 어디서 연구하셨어요?"라는 물음에 남편이 "슈투트가르트"라고 대답하면, 열에 아홉은 고개를 갸우뚱하며 알아듣지 못한다. 사실 '슈투트가르트'는 독일 서남부의 대도시 'Stuttgart'를 한국식 발음 그대로 옮긴 표기이기 때문이다. '슈투트가르트'보다는 '슈가흐트'에 가깝다. 신혼여행지로 하와이를 생각하고 있던 나에게 남편은 뮌헨 과학 박물관으로 가자며 이미 결정을 내리고 통보했다. 본인에게는 무척이나 로맨틱한 장소였겠지만, 지금 생각해도 테슬라 전기 실험보다는 와이키키 해변이 더 낫지 않았을까 싶다.

독일에서 결혼한 우리 부부에게 신혼여행지를 종종 물어본다. 대부분 유럽의 유명한 허니문 도시인 그리스 산토리니, 스페인 마요르카 등을 예상하지만, 남편은 단 한 마디로 그들의 기대를 깼다. "뮌헨." 하지만 그 자리에 있는 사람들 중 그 누구도 뮌헨이 어디인지 몰랐다. 남편이 독일어 발음으로 다시 알려주라는 눈치를 주지만, 나는 능청스럽게 말한다.

"Das ist nicht wichtig. 그건 중요하지 않아요."

한글학교 학생들은 어느 정도 한국어를 알아듣거나, 간단한 의사소통을 하게 될 즈음에 TOPIK을 준비한다. 독일에서는 1년에 한 번, 운이 좋으면 두 번 정도 응시할 수 있다. 시험을 치를 고사장도 많지 않아, 시험일이면 매번 다른 도시로 찾아가야 해서 부담이 된다. 대부분 독일 남부에 시험장이 마련되는데, 독일 북부에 위치한 한글학교 학생들은 기차를 타고 여섯 시간 넘게 이동해야 한다. 더군다나 시험이 오전에 시작하니, 전날 이동해서 하루를 묵어야 한다. 가을 학기가 시작되고 얼마 지나지 않아, 영사관에서 TOPIK 시험 공고가 내려왔다. 이번에는 베를린이 고사장 명단에 들어 있었다. 한 시간 만이면 넉넉히 베를린 대학 고사장 교실까지 들어갈 수 있어 반가운 마음에 토요일을 기다렸다. 영사관에서 받은 공고문을 프린트해서 한 장씩 나눠 주며 좋은 소식을 보고 반길 학생들의 반응을 기다렸다. 그런데 예상과는 달리 너무 조용한 교실 분위기.

"Schauen Sie sich die Prüfungsorte an. Jetzt können wir die Prüfung auch an einem nahegelegenen Ort ablegen. 시험 장소를 보세요. 이제 우리도 가까운 곳에서 시험을 볼 수 있어요."

들뜬 톤으로 베를린을 가리키며 말했다.

"베.를.린이 어디예요?"

한 학생이 다른 학생들을 둘러보며 말했다. 한국 사람에게 독일의 수도는 베를린이지만, 독일 사람에게 모국의 수도는 'Berlin(베흐린)'이다. 독일을 'Germany', 'Deutschland'라고 부르는 것에 익숙한 독일 사람들에게 한국어 '독일'이 영 어색한 것처럼, 베를린도 익숙해지려면 시간이 걸리지 않을까? 그래도 한글학교에 온 학생들은 한국에서 쓰는 고유명사를 알아야 할 의무가 있다. 국가 이름과 도시 이름을 칠판에 적었다.

미국, 영국, 중국, 스페인, 프랑스, 이탈리아, 스위스,
독일, 베를린, 뮌헨

학생들이 소리 내어 읽어 본다. 미국, 영국, 중국.
'국'은 '나라'를 뜻한다고 BTS 멤버 정국의 팬인 학생
이 자신 있게 손을 들고 설명한다. 스페인, 프랑스, 이
탈리아, 스위스는 원어 발음을 기본 표기로 채택하여
사용하기에 어렵지 않다는 반응이다. 다음은 독일.
왜 독일은 '나라 국(國)'자를 붙이거나 원어 발음 표기
를 하지 않는지 궁금해한다. 독일은 일본에서 들어온
번역어고, 한자어를 음차해서 만들어진 거라 설명하
니, 뭔가 특별하게 여겨지는 느낌이 들면서도 아쉬운
부분이 있다고 말한다. 마지막으로 베를린, 뮌헨….
한글로 적힌 걸 보니 역시나 학생들에게는 가깝지만
또 너무나 먼 도시처럼 느껴지나 보다. 'Berlin(베흐
린)'은 '베를린'으로 'München(뮈흐쉐엔)'은 '뮌헨'으로
바꿔서 읽으려니 어지간히 어려운 모양이다. 외국어
공부에는 동기가 매우 중요하다는 점을 노려, 구글맵
을 화면에 띄우고 보여 준다. 여행을 떠나 보자고 구
슬리며, 한글로 국가와 도시가 적힌 지도에서 한 자
한 자 천천히 발음하며 읽어 본다. 읽는 순간 세계 여
행을 하는 기분으로 모두 표정이 밝아진다.

수업을 마치고 스위스의 수도*를 언급하지 않은 나의 순발력을 칭찬했다. 만약 독일 베를린과 함께 언급했다면 그날 한글학교에서 스위스와 독일의 수도가 같다는 무서운 결론에 이르렀을 것이다.

* 스위스의 수도는 베른(Bern)이다.

10대부터 70대까지

가끔 집 근처 대학교 도서관을 찾는다. 귀한 장서를 찾아보기 위해서가 아니다. 그저 20대 청년들의 찬란한 순간을 곁눈질하고 싶은 마음으로 도서관 한구석에 자리를 잡곤 한다. 신중하게 고른 책을 펼쳐두고도 앞자리 커플이 나누는 대화에 집중한다. 세미나룸에서 들려오는 열띤 토론 소리에는 인상을 찌푸리는 대신 기분 좋게 귀를 세운다. 스물세 살에 독일 대학원 생활을 시작했을 때의 어리숙한 과거도 떠오르고, 용기라고 포장하겠지만 늘 무모했던 당시의 내가 떠오르기도 한다. 돌이켜 보면 대학이라는 공간은 우정을 쌓고 지식을 채우며 세상에 나오기 전 마지막으로 숨을 고를 수 있는 안전한 품은 아니었을까? 그곳을 누리는 20대 청년들은 건강한 자신감으로 가득 차 있기에 빛이 난다.

그 공간을 채운 반짝임 사이에 이따금 언어의 변화

도 느껴진다. 청년들의 언어가 이전의 독일어와는 조금 달라진 것 같다. 가장 큰 변화를 꼽자면, 아마 영어의 영향을 받았다는 점일 것이다. 이들은 독일어 문장에 영어 단어를 섞어서 말한다.

"Ich bin so ready! 나는 다 준비됐어!"

'준비가 된'을 뜻하는 독일어 'bereit'를 영어 'ready'로 바꾼 것이다. 이전 세대들은 여전히 "Ich bin bereit!"라고 말한다. 영어식 문장을 독일어로 직역해서 바꾸기도 한다. "It makes sense. 말이 되네."의 경우도 독일어로 직역해서 "Das macht Sinn."이라고 한다. 감탄사의 경우에는 대부분 영어만 사용한다.

"Cool!", "Nice!", "Slay!"

독일어 감탄사에 반해서 독일 이민을 결정했다고 농담처럼 말하곤 하는데, 요즘 젊은이들이 내 사랑 감탄사를 사용하지 않아서 무척이나 섭섭하다. 고전적인 감탄사가 사라져 슬프기까지 하다. 감탄사의 악센트가 다소 완만한 한국어에 비해서 독일어 감탄사는 무척이나 리드미컬하다. 독일 특유의 강한 악센트가 한몫하면서 극적인 입체감을 주고 의미를 강렬하게 만든다. 최고를 뜻하는 'Toll~'과 엄지를 세우면서 잘했다고 칭찬할 때 곁들이는 'Super!', 대단하다며 강한 응원을 담는 'Wunderbar!'가 내가 애정하는 감탄사이다. 'Toll(톨)~'은 강한 ㅌ 발음과 윗니에 혀를 튕길 때 나는 소리로 멋짐을 칭찬하는 감탄사이다. 'Super(주퍼)!'는 ㅈ의 진동을 느끼며 내뱉는 응원으로 '잘했어'보다는 '자알 했어'에 가깝다. 'Wunderbar(분더바)!'는 기적을 뜻하는 'Wunder'에 '~한 상태가 됨'을 뜻하는 '-bar'라는 접미사를 붙여 만들어진 단어이다. 3음절로 끊어 파도처럼 넘실넘실 발음하는 이 단어를 상대방에게 들을 때마다 '내가 방금 기적을 만들었구나.'라는 환희 비슷한 착각에 빠진다. 안타깝게도 요즘 Z세대들 사이에서 이 'Wunderbar'를 사용하면 '누구세요?'라는 눈빛을 받는다고 한다.

한글학교에서는 다양한 연령이 한 반에 모여 수업을 듣는다. 14세 중학생부터 70대 은퇴한 교수님까지. 연령 스펙트럼이 넓다 보니, 수업 시간이나 쉬는 시간에 세대별 독일어를 다 들을 수 있다. 대화 주제 외 관심 분야의 차이는 예상했지만, 세대 간 독일어의 간극으로 간혹 웃픈 일들이 일어나기도 했다. 독해 수업을 할 때마다 한 줄씩 크게 읽는 훈련을 함께

한다. 한국어 문단 서너 개를 한 명씩 돌아가며 한 줄씩 읽고 독일어로 해석하는 시간이다. 한글을 떼고 바로 수업에 들어온 70대 학생은 주로 중학생 옆에 앉아 도움을 받았다. 열네 살인 학생은 K-문화의 열렬한 팬인 엄마와 함께 벌써 한국을 다섯 번이나 방문했다. 한국 행사에 참여해 K-문화 전도사로도 활동했다. 한국어 문법이나 읽기는 약했지만, 문화 시간이나 K-드라마 시간에는 두각을 나타내는 우등생이었다. 그 학생이 첫 단락 첫 문장을 맡았다. 학생은 자신이 없는 눈치다.

"Naja… Ich bin so lost. 음… 저는 잘 모르겠어요."

갑자기 70대 학생이 걱정스러운 얼굴로 그녀에게 물었다.

"Hast du irgendwo Schmerzen? Warum willst du plötzlich gehen? 어디 아프니? 왜 갑자기 가겠다는 거야?"

분명 학생이 첫 문장 해석을 못 하겠다고 해서 도와주려고 했는데, 옆에 앉은 70대 학생이 걱정을 하며 어디 아프냐고 묻고 있었다. 혹시 내가 잘못 이해했나 싶어 앞줄의 다른 학생을 쳐다보니, 나와 같은 표정을 짓고 있었다.

"Einen Moment bitte. Meinen Sie, dass der erste Satz schwierig ist? Ist es für Sie schwer zu verstehen? 잠깐만요. 저기, 첫 문장이 어려운 거죠? 해석을 못 하겠다고 한 거죠?"

이 상황을 이해하려 물으니, 학생이 끄덕인다. 그제야 70대 학생도 이해한 듯 웃어 보였다.

"Oh, ich habe das falsch verstanden. Ich dachte, sie hätte gesagt, dass sie jetzt gehen muss. Haha. 오, 제가 잘못 이해했네요. 저는 그녀가 이제 가야 한다고 말한 줄 알았어요. 하하."

학생이 말한 영어 단어가 섞인 독일어 표현 'Ich bin so lost.'는 '나는 헤매고 있다.'는 뜻으로 젊은 학생들 사이에서 자주 쓰이는 말이다. 독일 Z세대 유튜버들이 가장 많이 사용하는 문장으로 뽑히기도 했다. 이 말을 70대 학생은 'Ich soll los. 저 지금 가야 해요.'로 들었던 것이다. 영어 'so lost'가 독일어 'soll los'로 들린 해

프닝. 70대 학생은 멋쩍은 듯 말했다.

"Wenn ich den Ausdruck 'so lost' vorher schon gehört hätte, hätte ich bestimmt genau gewusst, was sie meint. Haha. Ich bin wohl ein bisschen altmodisch. 만약에 제가 이전에 so lost라는 말을 들어 봤다면, 저는 분명 그녀의 말뜻을 정확히 알았을 텐데요. 하하. 제가 옛날 사람이라서요."

이뿐만 아니라, 한글학교의 젊은 학생들은 수업 중에 어렵고 긴 문장이 나오면 "Yikes(헐)!"라고 자주 말했고, 시험 문제 앞에서는 "mega Random(대략난감)!"이라 수군거렸다. 젊은이들이 모인 대학교 도서관을 염탐하며 익힌 말이지만, 사실 나도 겨우 알아들었다. 그때마다 70대 학생을 힐끔 쳐다보며 눈치를 살폈는데, 1초간 당혹감이 흐르는 얼굴이었다. 'so lost'와 'soll los'의 해프닝이 분위기를 달군 후, 수업이 끝나 가방을 챙기는 70대 학생에게 다가갔다.

"Sie kennen heute viele schwierige Wörter aus dem Text, und Ihre Aussprache beim Lesen war wirklich sehr gut. Ach ja, und 'Wunderbar' ist übrigens mein Lieblingsausruf. 오늘 지문에 나온 어려운 단어들 뜻을 많이

알고 계시더라고요. 읽으실 때 발음도 정말 좋았어요. 그리고, 저
는 'Wunderbar'라는 감탄사를 제일 좋아해요."

70대 학생은 긴장이 풀린 얼굴에 미소를 가득 품고
내 어깨에 손을 올리며 넘실넘실 파도처럼 말했다.

"Wunderbar!"

낭독회

가끔 내 아이의 이름을 나직이 불러 볼 때가 있다. 그 이름 너머에 있는 다른 아이가 떠오르기 때문이다. 늦은 가을밤에는 단 한 번도 만난 적 없는 아이를 위해 기도한다. 그 아이의 엄마는 한글학교에서 만났다. 평일보다 주말이 더 분주한 생업을 가진 그녀는 매주 수업을 듣지 못했다. 한 달에 겨우 한두 번 발걸음을 해도, 그나마 수업 중간에 일어나 출근해야 했다. 보통은 스케줄 조정이 어려운 경우 외국어 수업을 신청하지 않는다. 스포츠 수업과 다르게 한번 결석하면 쫓아가야 할 수업 진도를 혼자 힘으로는 따라잡기 어렵기 때문이다. 한 학기 쉰다거나 레벨이 낮은 반으로 이동하는 방법을 권유했지만, 학생은 메일로 보내 주는 프린트물로 놓친 진도를 따라가 보겠다고 했다. 오히려 메일을 잊지 말라는 말로 나를 더 재촉했다. 그만큼 한국어 수업에 대한 애정과 열정이 컸다.

3주째 결석을 이어 가던 학생에게 문자를 보냈다. 수업 진도와 프린트물을 첨부한 메일에 답이 없었다. 문자에도 답이 오지 않자, 걱정이 되었다. 바쁜 직장 스케줄이 무리였던 건 아닐까. 나흘이 지나서야 짧은 문자를 받았다.

'Ich bin gerade in der Ukraine. 저는 지금 우크라이나에 있어요.'

갑자기 가슴이 내려앉았다. 우크라이나. 그녀가 떠나온 곳. 작은 아이를 묻고 온 곳. 담담하게 지나가듯 말했던 그녀의 이야기가 떠올랐다. 전할 인사를 썼다 지우기를 반복하다가 답장이 필요 없는 인사말 한 줄만 적고 보내기 버튼을 눌렀다.

"Ja, bis bald! 네, 우리 곧 봐요."

얼마 뒤에 '작가 낭독회'에 이주자 작가로 선정되어 낭독자로 참석했다. 독일 내에서 활동하는 작가들을 초청한 자리였디. 세네갈, 튀르키예, 팔레스타인 등에서 독일로 이민 온 작가들이 각자의 모국어와 독일어로 시와 산문을 낭독하는 시간이었다. 주최 측에서 정해준 주제는 없었지만, 모든 작가들은 약속한 듯 '이민자의 삶' 혹은 '이민 여성의 삶'을 프로그램에 적어 냈다. 낭독회를 준비하는 기간에 한강 작가의 노벨 문학상 수상 소식을 들었다. 노벨 재단은 '역사적 트라우마에 맞서고 인간의 연약함을 드러낸 시적인 산문'이라고 한강 작가의 글을 평가했다. 전쟁으로 인한 난민, 이주 노동자처럼 타국에서 이민자로 살아가는 우리의 삶 역시 역사적 트라우마에 맞서고, 연약한 인간성에 무너졌다 다시 일어서는 연장선에 있다고 생각했다. 한강 작가의 이야기에 이민자와 여성의 삶을 연결하는 글을 써서 독일어로 다시 번역했다. 그중 일부는 독일 지역신문에 기고했고, 이틀 후 동네 주민들 우체통에 들어갔다. 낭독회를 준비하면서 단어 하나하나에 무게를 싣고 또 덜어 내며 조금은 조심스럽고 예민한 시간을 보냈다.

낭독회는 저녁 6시에 시작했다. 하루 전에 한국 출장을 마치고 돌아온 남편과 네 살 아이가 가장 먼저 도착했다. 이어서 친구와 이웃이 차례로 들어오며 긴장을 풀어 주었다. 어두운 무대에 책상과 의자 하나, 조명 하나. 관객 모두 작가가 낭독하는 글에만 집중할 수밖에 없는 무대 장치였다. 관객들이 집중할수록 더 긴장되어 손이 바들바들 떨렸지만, 시간이 흐를수록 마음이 가라앉아 마지막 한 문장까지 다 읽을 수 있었다. 들고 있던 독일어 번역을 책상 위에 내려놓고 인사를 하기 위해 천천히 의자에서 몸을 일으켰다. 그때 공연장 출구 쪽 사람들 중에 익숙한 얼굴과 눈이 마주쳤다.

낭독회를 마치고 바로 출구 쪽으로 걸어갔다. 우크라이나에서 돌아온 학생이 웃으면서 팔을 벌렸다. 와락 안았고, 서로에게 안겼다.

"Danke, dass du gekommen bist. Wie fandest du meine Lesung? Meine Aussprache war doch furchtbar, oder?* 와 줘서 고마워. 낭독 어땠어? 내 발음 엉망이었지?"

반가운 마음에 이런저런 질문으로 안부를 물었다.

"In deinem Text habe ich auch Ukrainer gesehen. Du und ich haben wirklich viele Gemeinsamkeiten. Vor allem sind wir beide Mamas von Hannah. 네 글에서 우크라이나 사람들도 보이더라. 너랑 나는 닮은 점이 참 많아. 무엇보다 우린 한나 엄마잖아."

아이의 이름을 혼자 조용히 부를 때가 다가오고 있다. 낙엽이 떨어지고 해가 짧아지는 그맘때. 내 아이와 이름이 같은 그 작은 아이를 위해 기도한다. 한글학교에서 만난 교사와 학생이 주고받는 것은 일주일에 수업 두 시간이 전부가 아니다. 들고 온 각자의 이야기가 한글로 써서 제출한 대여섯 문장에도 담기고, 회화 연습 때 더듬거리며 얘기한 한두 마디에도 묻어난다. 쉬는 시간에 스치듯 말하기도 하고, 함께 기뻐하거나 아파하기도 한다. "질문이 있어요."라고 다가오는 학생의 표정에서 오늘은 한국어 관련 질문만은 아니겠구나 짐작할 때도 있다. 때론, 침묵해 주는 것이 그 학생을 위로해 주는 일인 것도 알아 간다.

* 위 글에서는 교사와 학생 사이의 대화에 존어체를 쓰지 않았다. 독일은 고등학교 이상의 교육 기관에서는 수업 중에 교사도 학생도 존어체를 사용한다. 교사마다 다르지만, 한글학교에서도 존어체를 사용한다. 하지만 학교 밖 사적인 자리에서는 친밀감의 표시인 비존어체를 쓴다.

지금은 몇 시인가요?

유난히 힘이 들어가는 수업이 있다. 교재 준비는 쉽게 끝나지만, 설명해야 할 말들은 배로 남는다. 숫자를 가르치는 시간이 그렇다. '1, 2, 3, 4, 5…' 교재에는 숫자 몇 개만 적었지만, 앞으로 풀어낼 수업이 걱정이다.

한국어에서 수를 세거나 읽을 때는 한자어와 고유어로 구분한다. '일, 이, 삼, 사, 오…'는 한자어 수에 해당하고, '하나, 둘, 셋, 넷, 다섯…'은 고유어 수이다. 공식적 상황이나 수학, 과학의 수치를 읽을 때, 주소와 전화번호를 읽을 때는 한자어 수가 쓰인다. 사람과 사물의 개수를 나타낼 때는 하나, 둘, 셋 계수하여 고유어 수로 표현한다. 공식처럼 몇 가지만 구분하면 쉽게 읽을 수 있을 것 같지만, 언어에서는 늘 예외사항이 별표와 함께 붙어 있다. 한자어와 고유어를 혼용하여 쓰는 경우처럼.

학생들은 한국어로 자기 소개를 할 때 이름과 직업 뒤에 나이를 붙인다.

"저는 플로리안이고 학생입니다. 저는 이십삼 살입니다."

나이를 표현하는 '-세'와 '-살'은 각각 한자어 수와 고유어 수를 구분하여 사용한다. '이십삼 세'가 맞는 표현이고, '-살'을 쓸 경우에는 고유어 수 '스물셋'을 써서 '스물세 살'이라 말한다. 나이를 세고 말하는 것이 외국 학생들에게는 간단하지 않아, 한국어 수 읽기를 하는 날에는 조금 천천히 수업을 진행해야 한다. 숫자를 익히는 일은 외국어 공부의 필수 관문과도 같아서, 조급하게 진도를 빼기보다는 시간을 들이려고 한다.

나이 스펙트럼이 넓은 한글학교 수업에서 수 읽기 수업을 하는 날에는 심지어 공자가 등장하기도 한다. 한국에서 마흔 살 생일을 맞이했던 학생은 한국인 직장 동료에게 '불혹(不惑)'의 의미를 전해 들었다고 했다. 육십 세를 몇 해 전에 넘은 학생이 자신은 불혹을 지나 무엇이냐고 물었다. 예순에 이어 환갑(還甲, 예순한 살)과 이순(耳順)을 설명하고 나니, 학생들은 한 국어 수 읽기를 포기하고 싶은 표정을 짓는다.

나이를 읽는 한고비를 지나면, 더 가파른 언덕이 나타난다. 바로 시간 읽기이다. 나이 읽기처럼 한자 어 수와 고유어 수를 혼용해서 사용한다. 판도라의 상자를 열듯 조심스럽게 묻는다.

"지금 몇 시인가요?"

학생들은 마치 판도라의 상자에서 보지 말아야 할 것을 본 것처럼 1시 22분을 가리키는 시계를 본다.

"일 시 이십이 분?"
"한 시 스물이 분?"
"한 시 스물두 분?"

자신 없는 모습으로 시계를 읽는 학생들 사이에서 누군가 대답한다.

"십삼 시 이십이 분?"

설상가상이다. 독일식 시간 읽기*까지 들고 온 것이다. 간단하게 상황을 정리하고 시는 한 시, 두 시처럼 고유어 숫자를 사용하고, 분은 이십일 분, 이십이 분처럼 한자어 숫자를 쓴다고 칠판에 적은 뒤 각자 연습의 시간을 갖는다. 조금 익숙해진 학생들에게 2시 30분은 '두 시 반'으로 읽을 수도 있다고 알려 주자 학생들이 하나같이 말한다.

"Bitte, nicht mehr. 제발, 그만."

한국어 수 읽기가 왜 이리 어렵냐며 가벼운 불평을 늘어놓는 학생들에게 장난스럽게 말했다.

"Deutsch ist auch nicht ohne. 독일어도 만만치 않아."

* 독일어의 시간 읽기는 난해하기로 악명이 높다. 독일에서는 숫자를 모두 읽어 주는 방식을 쓰지 않는다. 3시 15분은 'Viertel nach drei'라고 읽는다. '3시를 1/4만큼 지난'이란 뜻이다. 3시 45분은 'Viertel vor vier' 즉, '4시보다 1/4만큼 이른'으로 읽는다. 오전 3시와 오후 3시가 또 다르다. 오후 3시는 대부분 15시로 읽는다.

고유의 풍경을 담은 단어

   K-드라마를 교재로 활용하는 한글학교 수업에 편의점은 빼놓을 수 없는 단골 소재이다. 드라마 속 편의점은 주인공이 퇴근길에 맥주 한 캔을 사는 곳이고, 대학생 역할을 맡은 배우가 점심마다 허겁지겁 컵라면을 먹는 곳이다. 한국에 가 본 적이 없는 독일 사람들에게 편의점은 이름부터 생소한 장소이다. 독일에는 24시간은 아니지만, 늦은 시간까지(예외적이지만 보통 저녁 8시에서 10시까지*) 운영하는 작은 잡화점이 있다. 보통은 'Spätkauf(슈패트카우프)' 혹은 애칭처럼 줄여서 'Späti(슈패티)'라고 부른다. 24시간 내내 열려 있고, 없는 게 없는 가게를 이용하는 한국 사람들에게 편의점은 이름 그대로 편리하게 이용하는 곳이다. 둘 다 밤늦게까지 운영하고 다양한 물건을 파는 장소지만, 이름이 다르다.

   독일에는 'Tante-Emma-Laden'이 있다. 한국식으로 번역하면 에마 고모네. 지역에서 아주 오래된 가게로 동네 이웃들과의 커뮤니티가 형성되는 장소이다. 동네 이웃들이 즐겨 찾는 물건이나 미리 부탁해 둔 식재료를 챙겨다 놓는 작은 소매점이다. 대를 이어 운영하는 경우가 많아, 대부분 마을의 한자리를 30년 넘게 묵묵히 지키고 있다. 한국의 구멍가게와 비슷하다. 1~2평의 구멍처럼 아주 작은 가게. 예전에는 방 한쪽을 뚫거나 문만 열어 두고 물건을 팔았기 때문에 구멍가게라는 이름을 붙였다고 한다. 주인 할머니가 파는 10원, 50원짜리 불량식품도 구멍가게 단골손님인 동네 꼬마들에게는 특식이자 별미였다. 편의점처럼 에마 고모네도 구멍가게와 비슷하지만, 이름이 다르다.

수업 중에 보통은 한국어 단어 옆에 독일어 단어도 함께 적는다. 도서관 - Bibliothek, 우체국 - die Post, 은행 - Bank. 편의점 옆에는 Späti라고 적으려다 말았다. 비슷한 공간이지만, 바라보는 시각과 장소를 대하는 태도가 조금은 다를 수 있다. Tante-Emma-Laden도 구멍가게나 동네 가게로 바꾸려니, 에마 고모한테 혼날 것 같다. 고모들은 늘 강인하다. 편의점에 익숙한 세대가 구멍가게를 상상하지 못하듯, 에마 고모네에서 우유와 버터를 사던 사람은 슈패티가 전혀 다른 가게로 그려진다. 편의점과 슈패티는 운영 형태가 다르고, 에마 고모네와 구멍가게는 유통 구조에 차이가 있다. 무엇보다 그 장소를 찾아가고 기억하는 손님이 그려 내는 그림과 기억이 상이하다.

기억이 다른 장소도 있지만, 풍경이 다르게 그려지는 단어도 있다. 독일어로 저녁 식사를 'Abendbrot(아벤트브로트)'라고 부른다. 직역하면 '저녁 빵'이다. 독일에서는 불을 쓰지 않고 준비하는 효율적인 저녁 식사를 선호한다. 독일 사람들은 주로 찬 빵에 치즈와 버터를 올려 저녁 식사를 한다. 하지만 한국의 저녁 식탁은 다른 모습이다. 따뜻한 밥에 뜨끈한 국이나 찌개를 함께 먹는다. 저녁 식사의 이미지가 다르다. 저녁 식사를 학생들에게 'Abendbrot'로 알려 줄 수 없는 이유는 바로 다른 풍경을 지녔기 때문이다.

다른 언어 생활권에서 살며 한국어를 가르치는 동안, 새로운 단어를 소개하고 배울 때마다 굳이 대응하는 단어를 찾지 않으려 한다. 가끔은 그 단어 그대로 받아들여야 할 때가 있다. 그 단어가 지닌 풍경이 다르기 때문에, 그려질 수 있는 그대로의 단어로 남기기로 한다.

* 독일은 'Ladenschlussgesetz(상점휴업법)'에 따라 영업 시간을 규제한다. 월요일부터 토요일까지 오전 6시 이전이나 밤 8시 이후로는 영업을 금지한다. 또한 일요일과 공휴일에는 영업할 수 없다.

밥 한번 먹자

교재를 준비하며 바쁘게 보내던 수요일 오후, 한글
학교 고급반 단체 채팅창에 동영상 하나가 올라왔다.
외국인이 헷갈려 하는 한국인의 인사말이란 주제로
한 대학교 어학당 학생들이 만든 영상이었다. 한국인
선배가 지나가는 교환 학생 후배와 캠퍼스에서 우연
히 만나 나누는 짧은 대화였다.

"오랜만이야. 잘 지내지?"
"네, 선배도 잘 지내죠?"
"응, 난 잘 지내. 난 지금 수업이 있어서 가는 길이
야. 다음에 또 보자. 우리 밥 한번 먹자. 안녕!"

짧은 대화가 마무리되었지만, 영상 속 후배는 선배
를 쫓아가 묻는다.

"선배, 우리 언제 밥 먹어요? 저는 목요일에 수업

없어요. 목요일에 먹을까요?"

　단체 채팅창에서 학생들의 반응이 뜨겁다. 선배가
잘못했다는 의견이다. 왜 밥 먹자고 먼저 말해 놓고
정확한 날짜와 시간을 알려 주지 않는지 지적하며 무
례하단다. 한국에서 '밥 한번 먹자'는 '잘 지내'와 비슷
한 인사치레에 가깝다. 하지만 나도 채팅창에서 선배
의 무례함을 탓하며 학생들의 의견에 (일단) 동조했
다. 독일 사람들은 시간을 잘 지키는 걸로 유명하다.
잘 지킨다는 말로는 약하다. 시간에 예민하다. 친구
와의 약속도 적어도 일주일 전에 잡고, 휴가 계획은
1년 전에, 혹은 그것도 늦다며 2년 전에 세우는 사람
도 있다. 약속 시간을 칼같이 지키고, 그 외의 시간에
타인이 침범하는 걸 내키지 않아 한다. 그렇게 보면,
상대방의 시간을 전혀 배려하지 않은 선배는 분명 잘
못한 것이다.

　교재를 준비하다가 마지막 장에 '밥 한번 먹자'의
의미와 예문이라고 적었다. 다가오는 수업 시간에 이
인사치레의 의미에 대해서 알려 줘야 할 것 같다. 아
수 긴 이야기와 설득이 필요하겠지만, 부딪힐 날이
온 것이다. 사뭇 비장해진다.

불어와 독일어

나의 외국어가 수준급에 달했다고 느끼는 순간은 언제일까? 아니, '나 이제 외국어 좀 하는구나.'라며 약간의 희열을 느끼는 순간은 언제일까? 뉴스가 술술 들릴 때? 래퍼의 가사가 쏙쏙 들려올 때? 수년째 여전히 새로운 외국어를 배우는 나의 대답은 변함없다. 농담을 이해할 때다. 나의 기준을 한글학교에도 적용해서, 학생들이 한국어 농담을 이해할 때까지 알려주고 돕고 싶다. '나 이제 한국어 좀 하는구나. 나 방금 한국인들의 농담을 이해했거든.' 이런 순간이 오길 누구보다 간절히 바란다.

맥주의 나라 독일에서는 매년 가을 옥토버페스트(Oktoberfest)*가 열린다. 아침에 모여 날이 저무는 시간까지 맥주를 마시는 축제이다. 이 축제를 즐기며 사람들이 가장 많이 하는 말은 무엇일까? 'Prost(프로스트, 건배)!' 독일을 상징하기에 적절한 단어인지 남해 독일 마을에서는 'Prost'를 축제 이름으로 쓰기도 한다. 각국의 건배사가 즐거움을 동반하는 것은 분명하다. 한국을 방문하는 외국인들의 좌충우돌을 담은 프로그램에서 종종 듣는 것이 바로 '건배'이다. 맥주잔이나 소주잔을 부딪히면서 누군가는 '짠!'을 알려 주고, 또 누군가는 '건배!'를 알려 준다. 최근에는 '청바지(청춘은 바로 지금)!'라는 건배사까지 중년 프랑스인을 통해 들었다. 이때마다 내가 아끼는 건배사를 떠올린다.

독일 유학 시절 친하게 지내던 박사 과정 선배 J는 낮과 밤이 다른 사람이었다. 오전에는 사색에 빠졌고 점심시간에 마주쳐도 책을 읽느라 한국 유학생들을 본체만체했다. 그런 그가 유학생들이 만드는 저녁 모임에는 한 번도 빠지지 않았다. 모임에서 늘 푸코와 데리다**를 비교했고, 누구 편을 드는지 물으며 토론에 열을 냈다. 프랑스 파리에서 석사를 마치고 독일 베를린의 한 대학에 박사 과정으로 입학했을 때 그는 슬펐다고 했다. 박사 과정 내내 프랑스가 그리웠던 걸까? 독일이 그토록 마음에 들지 않았을까? 선배 J는 술을 많이 마셨다. 늘 마지막 잔을 마실 때는 그가 만든 건배사를 했다. 선배 J가 먼저 "마셔 불어(프랑스어를 한자로 옮긴 말)!"라고 외쳤고, 우리에게 다음 건배사를 강요했다. "알았당케(Danke, 고마워)!" 프랑스와 독일이 어우러진 멋진 건배사였다.

선배 J를 아는 유학생들에게는 의미 있는 건배사였지만, 다른 이들에게는 그저 시시껄렁한 농담 같은 건배사였다. 연애 시절 남편에게 이 건배사를 알려줬을 때 2초간의 정적은 아주 긴 정색처럼 느껴졌다. 15년 전 베를린 쿠담의 한 작은 바에 모였던 그 멤버들 이후로는 "마셔 불어" 선창에 "알았당케"라고 후창을 해 줄 이를 찾지 못했다.

한글학교 가을 학기 중에 드라마 〈나의 아저씨〉를 5분씩 보면서 수업을 진행한 적이 있다. 드라마 선정에는 아이유 팬인 한 학생의 강력한 의견이 반영되었다. 중년 남성들이 주인공으로 등장하는 드라마였고, 밤마다 초등학교 동문이 운영하는 술집에 모여 술 한 잔을 하는 장면이 많이 나왔다. 술잔을 부딪히는 장면에서 지역 이름을 부르는 건배사가 나왔고, 학생들은 자연스레 한국의 건배사에 관심을 가졌다. 아이유 팬인 학생은 '짠!' 소리에 부딪히는 흉내를 내며 알은체를 했고, 한국인 아내가 있는 학생은 '건배!'라고 거

들었다. 순간 15년 동안 묵혀 온 건배사를 꺼내고 싶어졌다. 학생들에게 선배 J의 이야기를 살짝 들려준 후 그가 만든 건배사를 알려 주었다.

　"마서 불어~ 알았당케!"

　순식간에 교실에 웃음이 가득 찼다. 유머 감각 제로, 재미없는 걸로 정평이 난 노잼 독일 사람들이 박장대소한 역사적인 순간은 이날 만들어졌다고나 할까. 독일 사람들에게 늘 라이벌인 프랑스까지 끌어들여서 더 크게 웃었을지도 모른다. 아무튼 그 웃음에 나까지 덩달아 더 큰 웃음이 났고, 갑자기 눈물이 핑 돌았다. '우리 학생들, 이제 한국어 좀 하는구나.'라는 생각이 스쳤다.

* 세계 최대 규모의 맥주 축제. 뮌헨에서는 9월 말에서 10월 초까지 열리지만, 다른 지역에서는 이름처럼 10월 내내 열리기도 한다. 점점 추워지는 날씨 탓에 주최 측에서 9월로 앞당겼다는 이야기가 있다.

** 푸코와 데리다는 '포스트 구조주의'의 양대 산맥으로 불리는 프랑스 철학자이다. 푸코는 현상을 사회적 배경과 역사적 관심 및 힘의 구조로 접근했으나, 데리다는 언어의 한계와 불안정성으로 해석했다.

2. 한국어 할 줄 아세요?

한국어 할 줄 아세요?

어떤 대화에는 짝이 있다.

A : How are you?
B : I'm fine. Thank you.

A가 나오면 B라는 문장을 짐작할 수 있다.

십여 년 전, 베를린 쿠담 거리에서 친구와 새벽 첫 차를 기다린 적이 있었다. 추운 날이라 친구와 팔짱을 낀 채로 몸을 웅크리고 버스가 오는 방향을 바라봤다. 주머니에 든 휴대폰을 꺼내 시간을 확인하는 것도 귀찮아, 친구에게 몇 시인지 물었다. 그때 뒤에서 또렷하게 익숙한 말이 들렸다.

"지금 4시 50분이에요. 버스는 곧 도착해요."

돌아보니, 키가 큰 중년의 독일 남자가 서 있었다. "감사합니다." 대신에 이 말이 불쑥 튀어나왔다.

"한국어 할 줄 아세요?"

15년 전, 그러니까 독일 유학 초창기 시절에 음식을 주문하거나 상점에 들어가면 외국인들이 물었다. "중국에서 왔어요?" 고개를 흔들면, "일본에서 왔어요?" 다시 고개를 흔들면, 베트남, 몽골이 이어서 나오고 한국은 한참 뒤에 나오거나 때로는 후보에도 들지 못했다. 요즘은 바로 "Are you Korean? 한국 사람이세요?"이라고 묻는다. 식당에서 K-팝 음악이 나오고, 'made in Korea'가 적힌 마스크팩은 남녀노소 구분 없이 좋아하는 선물이다. 예전에는 냄새 때문에 조심스러웠던 김치도 손님 초대상에서 가장 인기가 많다. 예전에는 남편과 밖에서 자유롭게 대화했지만, 이제는 한국어도 가려서 써야 한다. 한국어를 하는 사람이 많아졌기 때문이다.

마트에서 초콜릿을 고르는 아이에게 먼저 인사를 건네는 금발의 언니들이 있다.

"안녕~"

반가워하는 아이 옆에서 나는 또 불쑥 이 말이 튀어나온다.

"한국어 할 줄 아세요?"

이국땅에서 한국어를 하는 사람을 만나는 일이 반갑고 감격스럽다. 무엇보다 낯선 그들의 발음이 그 순간에는 오히려 더 친숙하게 느껴진다. "안녕하세요."라고 인사하며 다가오는 이가 있으면 자꾸 튀어나오는 말, "한국어 할 줄 아세요?" 이 말은 한국어 능력을 묻는 게 절대 아니다. "안녕하세요.", "반가워요.", "고마워요." 이 모든 말을 포함한다.

이 책을 처음 기획했을 때, 오도카니출판사에 보낸 원고의 제목은 〈웰컴 투 한글학교〉였다. 그 출판사에서 출간한 이화정 작가님의 〈웰컴 투 갱년기〉에 묻어가 보려던 검은 속내를 드러낸 제목이었다. 샘플 원고를 읽은 대표님은 이 책에 새 이름을 붙여 주었다. 〈한국어 할 줄 아세요?〉 외국인이 한국어로 말을 건네면, 나도 모르게 불쑥 튀어나왔던 말. 이국에서 들리는 모국어가 반갑고, 한국 사람으로 알아봐 주는 것이 고맙고, 잠시 이방인의 처지에서 벗어난 것 같은 안도감까지 느껴져 건넨 첫마디이다.

　"한국어 할 줄 아세요?"는 외국인이 건네는 첫 한국어에 대한 적절한 인사말이다. 가끔 "안녕하세요."라며 다가오는 외국인에게 "안녕하세요."라고 답하면 잠시 정적이 흐르곤 했다. 그 대신에 "한국어 할 줄 아세요?"라고 물으면, "네, 쪼끔 할 줄 알아요.", "아니요, 잘 못해요.", "저 한국에서 살았어요.", "저는 BTS 지민 팬입니다." 등 다양한 사연이 줄줄 이어서 나온다.

　예전에 한국에 사는 원어민 영어 교사의 글을 읽은 적이 있다. 지하철에서 하루에도 몇 번씩 한국 사람들이 말을 건다고 했다. 대수롭지 않게 넘길 수도 있는 일이지만, 영어 회화를 연습해 보고 싶은 의도가 보인다며 부정적인 반응을 보였다. 원어민 교사의 피로감이 느껴지기도 해서 안타까웠다. 한편으로는 외국어를 배우는 사람들에게 원어민을 만나는 일이 어떤 간절함인지 와닿았다. 어쩌면 "안녕하세요."라고 한국어로 인사를 건네며 다가오는 외국인에게 "한국어 할 줄 아세요?"라고 답하는 것은 곁을 내어주는 배려일지도 모르겠다.

이제 새로운 대화의 짝이 만들어진다.

A : 안녕하세요.
B : 한국어 할 줄 아세요?

한국어를 배우고 싶어요

20대 중반 독일 유학 시절에 기숙사 근처에 사는 한 아이의 한국어 과외를 맡은 적이 있었다. 돌 무렵에 독일 부부에게 입양된 아빠와 두 살 때 스위스 부부에게 입양된 엄마 사이에서 태어난 아이는 한국인처럼 생겼지만, 한국말은 전혀 하지 못했다. '엄마'와 '물', 두 단어 정도만 알고 있었던 걸로 기억한다. 가정 내 언어는 당연히 독일어였다. 아이의 한국어 과외를 찾던 중에 근처 대학 학생인 나에게 연락이 닿은 것이다. 일주일에 두 번, 하루에 두 시간씩 아이와 한국어로 놀아 주면서 한글 교육을 해 줄 것을 부탁받았다. 논문 일정이 빡빡했던 때라 과외 일정을 일주일에 한 번으로 조율하려 했지만, 아이 아빠가 완강했다. 아빠의 강력한 의지 덕분에 2년 동안 명절을 빼고는 한 번도 빠지지 않고 수업을 했다.

그 아이는 2년 뒤에 스위스로 이사를 가게 되었다.

이사 전 마지막 수업은 식사 초대로 대체되었다. 아이 아빠가 준비한 식사 테이블에는 직접 만든 김밥이 있었고, 아시아 마트에서 사 온 김치도 올려져 있었다. 2년 동안 아이는 한국어를 읽고 쓸 수 있게 되었고, 무엇보다 한국 음식을 독일 음식보다 더 좋아하게 되었다. 아이 아빠에게 조심스럽게 물었다. 2년 전 처음 과외를 부탁했을 때 어떤 동기나 기대가 있었느냐고. 아이 아빠는 들고 있던 젓가락을 가지런히 그릇 옆에 놓으며 말했다.

"Weißt du, was ich selbst nie hatte? Zeit und eine Umgebung, in der ich – wenigstens für ein paar Stunden – von der koreanischen Sprache umgeben sein konnte. Genau das wollte ich meinem Kind geben. Und durch dich hatte mein Kind diese Zeit und dieses Umfeld jede Woche. Und jetzt höre ich sogar zu Hause immer öfter Koreanisch dank meines Kindes. Jetzt gibt es auch bei uns zu Hause ein Stück Korea. 제가 갖지 못했던 것이 뭔지 아세요? 몇 시간만이라도 한국어에 둘러싸여 있을 수 있는 시간과 환경이었어요. 저는 그걸 제 아이에게 주고 싶었습니다. 아이는 당신을 만나 매주 그런 시간과 환경을 가졌고요. 이제 아이 덕분에 종종 집에서 한국어를 들어요. 이제 우리 집

에도 한국이 존재해요."

2년간 꾸준하게 한국어를 가르치며 정들었던 아이는 이사를 갔고, 얼마 뒤 한국인 커뮤니티에서 한글학교의 구인 광고를 봤다. 출산 때문에 잠깐 한국에 들어간 교사를 대신할 성인반 교사를 구하고 있었다. 한 학기만 맡는 일이었지만, 설렘도 책임감도 크게 다가왔다. 당시 스마트폰은 한국에서만 유행이었고, 독일에서는 대부분 2G 폰을 썼다. 독일어 종이 사전을 주머니에 넣고 다니던 때였으니, 인터넷으로 쉽게 한국어를 배울 수 있는 지금과는 전혀 다른 상황이었다. 한국어 교재도 서강대 어학당에서 만든 것이 전부였고, 그 외에는 영국 출판사에서 출간한 한국어 회화집이 유일했다. 당시 학생들은 K-팝도 몰랐다. K-팝보다는 'Hallyu(한류)'라는 단어에 더 익숙했다. 그때 학생들이 한글학교를 찾는 동기는 지금과 많이 달랐다.

독일 양부모님 품에서 성장해서 의대에 입학한 학생은 한국 여행을 앞두고 있었는데, 한국 여행 안내 책자가 노서히 이해되지 않아 한글학교에 등록했다고 했다. 당시의 책자에는 한글 위에 알파벳으로 독음이 되어 있었는데, y와 j의 독음이 독일 사람은 전혀 알아듣지 못할 발음으로 표기되어 있었다. 예를 들어 '물 주세요' 위에 표기된 'mul juseyo'는 독일 사람이라면 '물 유제요.'로 읽게 된다. 그 학생의 여자친구도 같은 반 수업을 들었다. 그녀 역시 입양아였고, 여섯 살에 입양되어 독일에 왔다. 한국어는 더듬더듬 기억하는 정도로만 할 수 있었다. 두 학생은 같이 한국 여행을 준비하고 있었다. 하루는 두 학생 집에 초대받아 간 적이 있는데, 그때 둘은 주방에서 기본적인 단어를 한국어로 말했다. 물, 소금, 감자, 접시…. 대화는 독일어였지만, 그들의 공간을 가득 채운 것은 모두 한국이었다. 신기하게도 그 공간에서 나는 마치 한국에 있는 듯한 느낌이 들었다. 그들이 만든 한국은 포근했다.

이 커플의 소개로 한글학교에 들어온 학생은 독일인 아버지와 한국인 어머니 사이에서 태어났다. 파독 간호사로 동독 시절 베를린에 온 어머니는 이 학생이 열 살 때 사고로 돌아가셨다. 독일어가 부족한 어머니를 자주 다그쳤던 독일인 아버지는 집에서 한국어 사용을 금지했다. 대학을 졸업하자마자 직장을 구한 그는 친구들의 소개로 한글학교를 찾았다. 그는 대학교 2학년 때 한국의 한 대학에서 교환 학생 자격으로 한 학기 동안 머물렀다. 그때 그는 한글을 처음 배웠고, 간판과 메뉴판을 읽을 수 있게 된 순간 한국을 떠나기 싫었다고 했다. 그때 그가 가져온 과자 봉지는 지금도 현관 앞 액자 안에 장식되어 있다고 했다. 그는 늘 유쾌했다. 한국어를 금지한 아버지가 밉지는 않았을까? 한국을 방문해 본 적이 없는 아버지였기에 그럴 수 있다며 이해했다고 했다. 그는 언젠가 아버지를 모시고 한국 여행을 갈 계획을 세웠다. 한국어가 금지된 집에서 자란 그가, 어느 날 우리 앞에서 한국어로 노래를 불렀다.

"자장 자장 우리 아가, 잘도 잔다 우리 아가."

자장가였다. 어머니가 아버지 몰래 불러 줬다고 짐작했다. 밤잠이 없던 덕에 한국 노래를 부를 수 있는 유일한 학생이 되었다며 으쓱했다. 어머니가 없는 집에도 여전히 한국이 존재하는 이유는 남아 있는 기억 때문일 것이다. 오늘도 어머니가 남겨 준 자장가가 그 공간을 채우고 있다.

매주 토요일, 학생들은 주말의 달콤한 늦잠을 포기

하고 각자의 사연과 동기를 품은 채 한글학교를 찾는다. 수업이 끝나면 어렵게 찾은 아주 작은 한국을 들고 집으로 돌아간다. 그리고 각자의 공간에 하나하나 조심스럽게 옮겨 놓는다. 다정하고 포근하게. 그렇게, 고이 담아 채워 간다.

칭찬

'아낌없이 칭찬해 주리~' 한국어 교사로 매주 토요일 교실에 들어가기 전에 되새기는 마음가짐의 주문이다. 제2외국어를 수십 년째 배우고 있는 입장이기에, 칭찬의 효과를 누구보다 잘 알고 있다. 외국어를 배워 말하거나 쓰고 결과를 듣는 그 순간까지 얼마나 긴장되는지 알기에, 누구보다 더 칭찬해 주고 싶다.

칭찬을 건네는 말 중에 몇 개를 골라 보려는데, 하나밖에 떠오르지 않는다. '잘했어요!' 어릴 적 숙제 모서리에 찍혀 있던 도장의 문구만 생각난다. 영어로는 'good job!'이 가장 비슷한 표현일 것이다. 뭔가 특별하진 않은 것 같아 더 나은 칭찬을 고르던 중에 'Perfekt!'가 확 와닿았다. '완벽해!' 외국어를 공부하면서 내 실력에 대한 다양한 평가를 듣게 된다. "잘한다." 혹은 "자연스럽다." 들으면 늘 기분 좋은 말이지만, 완벽하다는 칭찬에는 미치지 못한다. "Perfekt!"를 들은 날이면, 하루 종일 콧노래가 나온다. '완벽하다'에는 어휘도 발음도 문법도 모두 정확했다는 뜻이 포함된다. "잘했다."라는 말보다 더 신이 날 수밖에 없는 칭찬인 셈이다. 과찬이려나, 생각하다가도 슬며시 웃음이 난다.

프랑스에 거주하며 집필을 했던 한 작가의 글에도 자신이 프랑스어로 적은 편지를 읽은 친척이 '완벽하다'며 칭찬했다는 일화가 담겨 있다. 외국인과 대화를 할 때마다 머릿속에서는 또 다른 내가 계속 간섭한다. '방금 말한 문장, 문법이 틀린 것 같은데….', '지금 쓰는 어휘는 정관사가 뭐지?', '다음 문장에서는 발음에 신경 써야 해.' 한 문장 한 문장 조심스럽고, 고민하며 말하기 때문에 외국어를 많이 쓴 날이면 남편에게 주방 휴업을 선언하곤 했다. "나 오늘은 요리할 기운이 없어." 엄살이 아니었다. 타국어의 세계에서 완벽한 문장을 구사하려고 애쓰는 일은 생각보다 훨씬 많은 에너지를 소진해야 하는 격렬한 노동이기 때문이다.

한국에서는 외국인이 한국어를 잘하면 종종 "한국 사람 다 됐네."라고 말한다. 한국 사람처럼 정확한 어휘와 문법을 구사했다는 뜻이니 '완벽하다'는 표현과 의미가 비슷하다. 하지만 이 말은 조심스럽게 사용해야 할 이유가 서너 가지는 되는 듯싶다. 4개월 교환 학생으로 한국에 다녀온 한 학생은 마지막 한 달 동안 한국 친구들에게 "한국 사람 다 됐네."라는 말을 거의 매일 들었다고 했다. 같은 층을 쓰던 태국에서 온 학생도 자기만큼 한국 사람 다 됐다는 말을 많이 들었다며, 저녁마다 기숙사 공동 주방에서 이 말에 대해 나눈 이야기를 들려주었다.

"Ich weiß, dass es nett gemeint war, aber mit der Zeit hat es sich für mich nicht mehr gut angefühlt. 칭찬인 건 알아요. 하지만 들을수록 뭔가 기분이 좋지는 않았어요."

학생은 칭찬으로 받아들였지만, 한편으로는 찜찜한 기분이 들었던 것 같다. 사실 "한국 사람 다 됐네."는 마치 한국인이 기준이 된다는 것으로 들릴 수 있다. 한국인이 되어야만 칭찬을 받을 수 있다는 일방적인 기준을 앞세운 것처럼 보인다. 이는 의도치 않았더라도 상대방의 고유성을 지우는 말이다. 이방인의 고유한 정체성과 문화를 존중하지 않고, '한국의 정체성만을 기준으로 봤을 때 우리는 같아졌다.'는 뜻으로 오해하게 만든다.

칭찬 한마디에도 고민하는 마음은, 어쩌면 각자의 언어가 가지고 있는 세계를 존중해 주는 태도에서 비롯된다. 외국어를 배우는 사람들에게 '완벽하다'는 말이 날아갈 듯한 기쁨을 주는 이유도 당신의 세계에 들어가는 나의 태도를 인정받았기 때문일 것이다. 외국어를 완벽하게 구사하고 싶은 열망은 단순히 언어 실력을 뽐내기 위함이 아니다. 타인과 타인의 국가에 대한 깊은 예의를 갖추는 자세에 가깝다. 한국어 문법을 제대로 구사하기 위해 교재를 몇 번이나 뒤적이고, 어휘 하나하나도 신중하게 고르고, 어려운 ㅅ. ㅊ. ㅉ 발음에도 최선을 다하며 한국어의 세계를 존중해 주는 학생들에게 나 역시 매주 화답한다.

"Perfekt!"

아빠의 한국어

한국 여성과 결혼해 두 살 아이를 둔 40대 학생은 출장이 잦은 직장 생활로 바쁘지만 출석률이 높았다. 전임 교사와 인수인계할 때 그에 대한 평가는 한마디로 '성실'이었다. 피곤해서 이따금씩 졸면서도 수업에 빠지지 않는 근면한 그는 교사에게도 자극이 될 정도였다. 한국어를 배우는 이들에게 늘 첫 질문은 '왜 한국어를 배우고 싶은가?'이다. 한국어뿐만 아니라, 외국어를 배우는 이들에게 이 질문은 늘 우선순위에 있다. 왜 외국어를 배우려 하는가? 동기에 대해 듣고 나면 각자에게 맞는 수업 방향과 목적을 계획할 수 있다. 교환 학생으로 한국에 가려는 학생에게는 한국 생활에 관한 주제와 어휘에 도움을 주고, TOPIK을 준비하는 학생에게는 기출문제에 자주 등장하는 유형과 단어를 따로 정리해 준다. 한국인 배우자를 둔 외국인 학생의 경우, 수업 방향을 잡을 때 더 신중해진다. 배우자와의 대화나 한국 가족 간에 원활한 의

사소통을 원한다면 생활 한국어와 존댓말을 신경 써서 알려 준다. 배우자의 고향에 잠시 머물다 올 계획을 세우고 있다면 보험, 병원, 통신 등 여러 상황을 고려하여 수업 방향을 잡는다.

성실, 이 한 단어로 모든 것이 표현되는 그 학생은 이중 언어를 하는 2세를 위하여 매주 토요일 자전거 페달을 힘껏 밟아 학교에 왔다. 독일에서 성장하는 아이가 엄마의 언어를 잃지 않길 바랐다. 엄마의 희생보다 독일인 아빠의 노력이 더 커야 한다는 의지가 보였다. 직장 생활로 정신없이 바빠도 밤마다 아이에게 더듬더듬 한국어 그림책을 읽어 주었다. 일상의 아주 기초적인 단어만큼은 한국어와 독일어, 두 언어로 모두 건네려 부단히 애를 썼다. 모르는 표현이 있으면 토요일마다 한글학교에 들고 와서 물었다. 하루는 '우유가 더워요.'와 '우유가 뜨거워요.'가 구분이 안 된다며 도움을 청했다. 다른 날은 '나는 열을 갖고 있어요.'가 맞는지 '나는 열이 나요.'가 맞는지 묻기도 했다. (독일어와 영어는 have 동사를 써서 열이 나는 상태를 표현한다. I have a fever.) 특히 느낌이나 어근이 비슷한 형용사가 있으면 어려워했다. '물이 차가워요.'와 '물이 추워요.'는 입에서 나올 때마다 삐거

덕댔고, 오답을 말하면 아내가 째려본다고 했다. (독일어와 영어에서 차갑다, 춥다는 모두 cold로 쓴다.)

한번은 아빠 학생이 전날 읽은 그림책에 등장하는 의성어를 가지고 왔다.

"선생님, 개는 멍멍, 고양이는 야옹야옹 맞아요?"

칠판에 '멍멍'과 '야옹야옹'을 적고, TOPIK 점수가 가장 높은 학생에게 물었다.

"멍멍, 야옹야옹 들어 본 적 있어요?"

이미 TOPIK을 통과해서 교환 학생을 앞두고 있는 학생은 모른다는 듯 고개를 흔들었다. 혹시 들어 본 적 있는지 다른 학생들에게도 물었지만, 모두 처음 듣는다는 표정이다. 한국어를 공부할 때 의성어나 의태어를 배우는 경우는 흔치 않다. 사자성어나 한자어처럼 한국어 실력을 많이 올려야 배울 수 있는 말이고, 무엇보다 한국어 공식 커리큘럼에서 제공하는 필수 어휘가 아니기 때문이다. 칠판에 몇 개를 이어서 더 적었다.

멍멍, 야옹야옹, 꽥꽥, 매애, 꿀꿀, 음매

어떤 동물의 소리인지 짐작해 보라고 퀴즈를 냈다. 꽥꽥은 읽기부터 어렵다. 모두 좀처럼 감이 잡히지 않는다는 표정이다. 독일어로 'grunz grunz(그룬츠 그룬츠)' 소리를 내면서도 꿀꿀과 연결 짓기는 어렵다. 당당하게 손을 들고 '꿀꿀'이 곰의 울음소리라고 얘기하는 학생도 있다. 맞는 것 같다며 맞장구치는 학생들을 지켜보며 아빠 학생은 미소를 짓는다. 분명 그는 알고 있었다. "혹시 어떤 동물의 소리인지 다 알고 있나요?"라고 물었더니, 고개를 끄덕이며 작게 흥얼거린다.

"오리는 꽥꽥, 염소 매애, 돼지는 꿀꿀, 소는 음매…"

출제자의 의도까지 간파한 그의 노랫소리가 교실을 가득 채운다.

TOPIK을 준비하거나 교환 학생을 다녀온 학생들에 비해 이 학생은 어휘도 부족하고 쓰기 실력은 더 형편없다. 하지만 이 순간만큼은 TOPIK 6급(가장 높은 수준)이나 다름없다. 한글학교 교재는 그에게 늘 두 단계 정도 높아서 수업 시간마다 휴대폰으로 번역기를 돌리느라 바빴다. 불러 준 단어를 받아 적지 못해 쉬는 시간마다 옆자리 학생의 노트를 빌렸다. 그런 그에게 한국어 동요를 부르거나 동물의 의성어를 외우는 일은 절대 쉬운 일이 아니다. 수십 번, 수백 번 읽고 듣고 연습했을 그를 떠올렸다. 그는 '아빠의 한국어'를 배우고 있었다. 오늘도 성실하게.

잊히지 않는 말

아니 에르노가 71세에 쓴 소설 〈다른 딸〉은 2011년에 출간되었다. 사소설에 가까운 이 작품은 71년간 작가의 삶을 지배했던 엄마의 한마디에 관한 이야기다. 부모는 죽은 언니를 없는 존재처럼 여기며 아니 에르노를 외동딸처럼 대했다. 하지만 그 존재는 눈에 보이지만 않을 뿐 사람들의 말을 통해 살아났다. 언니는 친척들의 입을 통해서, 딸을 그리워하는 엄마를 통해서 감췄던 존재를 드러냈고, 결국 작가의 남은 인생 내내 함께했다. 엄마가 이웃집 아주머니에게 한숨을 쉬며 내뱉은 말, "그 아이는 쟤보다 훨씬 착했어요."는 평생 아니 에르노를 따라다녔다. 엄마의 말을 부정하기 위해 착하게 살아야 하는 걸까? 오히려 죽은 언니의 자리를 남겨 두기 위해 착한 삶을 포기해야 하는 걸까? 그 한마디는 에르노에게 저주였다.

드라마 〈나의 아저씨〉에서 주인공 지안은 거동이

불편하고 귀가 들리지 않는 할머니와 함께 살며 생계와 부양을 모두 떠안았다. 거대한 빚에 하루도 제대로 쉴 수 없는 삶을 살던 청년 지안에게 아저씨는 한마디를 건넨다. "착하다." 그 말 한마디에 지안은 빚도 미래도 없던 자신의 삶을 포기하지 않는다. 오히려 자신도 좋은 사람이 될 수 있을 거라는 희망을 품는다. 어떤 말은 등대처럼 빛을 내며 수십 년에 걸쳐 인생을 든든하게 지켜 주지만, 어떤 말은 벗어날 수 없는 거머리처럼 붙어 삶의 에너지를 뺏어 간다.

베를린에 살 때 일요일 오전마다 한국어 과외를 한 적이 있다. 스위스로 이사 간 가족이 독일을 떠나며 소개해 준 청년이었다. 그들은 독일 입양인 모임에서 만났다고 했다. 청년은 친부모를 찾기 위해 서울을 두 번 방문했다. 한 번은 찾으러 갔고, 또 한 번은 친모를 만나러 갔다. 친모를 만날 때는 독일 양부모와 함께 갔는데, 양부모가 먼저 친모를 알아봤다. 친모의 얼굴이 독일행 비행기를 타고 온 다섯 살 소년의 얼굴과 똑같았기 때문이다. 그 한국 아이는 독일에서 25년을 살았다. 친모를 만난 청년은 입양센터의 주선으로 두 차례 식사하는 자리를 가졌다고 했다. 식사 자리에서 친모는 서너 번 같은 말을 했는데, 청년은 그 말을 잊을 수가 없다고 했다. 통역사를 통해 들은 말은 "먹을 때 모습이 아버지를 닮았다."였다. 그 말에 담긴 의미는 그때 친모가 지은 표정으로 정확히 전달되었다고 했다. "그녀는 아버지를 싫어했던 것 같아요." 청년은 그날 이후 한국을 방문하지 않았다.

이 청년은 베를린 대학에서 한국어 수업을 듣기도 했다. 한국어를 능숙하게 말하지는 못했지만, 듣기 실력은 꽤 훌륭했다. 그뿐만 아니라 한국의 역사에 대한 지식도 깊었고, 5.18 민주화 운동에 관해서는 나보다 더 많이 알고 있었다. 양부모는 집안 곳곳에 한국 수공예품을 장식해 두었으며, 한국 전통 음악 레코드판도 모아 저녁 식사 내내 틀었다고 했다. 한국 요리책을 보며 같이 요리를 하고, 한국 식당이 생기면 꼭 첫 손님으로 가족 모두가 방문했다. 한식당 전단지까지 고이 모아 둘 정도로 양부모는 아들이 한국을 잃지 않도록 애썼다고 했다. 한국 여행은 청년의 마음이 결정될 때까지 기다렸다. 친부모도 함께 찾았고, 만날 때도 같이 있었다. 음악 공부를 하는 아들의 예민한 감성은 누구보다 길 이해하고 사려 깊게 어루만져 준 양부모님 덕에 청년은 부족함 없이 성장했다.

청년과 한국어 과외를 한 지 반년쯤 지났을 때, 부활절 저녁 식사에 초대받아 갔다. 부모님의 인상은 상상보다 더 포근했고, 그들이 꾸민 집안은 한국에서 온 물건으로 가득 채워져 있었다. 소프라노 조수미의 공연을 보기 위해 10시간 동안 쉬지 않고 운전해서 갔던 일부터, 여행책에 적힌 '일본해'를 보고 '동해'로 바꿔야 한다는 편지를 보낸 것까지, 청년에 대한 배려와 사랑을 확인할 수 있는 풍성한 이야기로 채워진 식사였다. 청년이 자신의 뿌리를 기억하고 끝내 잃지 않은 건 모두 독일 부모님 덕분이었다.

　청년은 다음 해에 이탈리아로 떠났다. 마지막 수업 날 청년은 직접 담근 김치를 딸기잼 유리병에 담아 왔고, 냉장고에 붙어 있던 하회탈 모양의 자석도 선물로 가져왔다. 청년과 차를 마시면서 마지막 이야기를 나눴다. 그날 나는 청년이 한국어를 배우는 이유는 태어난 나라와 낳아 준 부모에 대한 그리움 때문이 아니라, 길러 준 부모를 위한 것임을 짐작했다. 자신을 위해 수십 년을 함께 내려 준 뿌리를 잊지 않는 일이 그 청년에게는 양부모를 존경하는 방식이었다. 나는 청년에게 상처를 준 친모의 말이 양부모의 사랑으로 단단하게 뿌리내린 청년의 정체성과 무한한 미래를 망가뜨리지 않길 바랐다. 수십 년을 서로에 대한 신뢰와 온전한 애정으로 지켜 온 세 식구의 진심이 무책임한 한마디 말에 무너지지 않을 거란 확신도 들었다. 누구보다 섬세한 청년을 가장 잘 아는 양부모님은 그 한마디마저 아꼈을 테고, 자신들과 다른 외모의 아들이 받을 상처를 평생 온몸으로 막고 계셨다. 비행기에서 내린 그 다섯 살 아이를 지금까지 지키고 있는 것이다.

한국어 책 살리기

10년 전에 미국 뉴멕시코주의 시립 도서관에서 일한 적이 있다. 국제 도서부에서 주로 펀딩 관리와 외국 서적을 관리하는 업무를 맡았다. 중국, 일본, 한국 서적이 도서관에 입고되면, 제목과 저자를 비롯한 책 정보를 입력해야 한다. 도서관 사서 중에서 한자, 히라가나, 한글을 읽을 수 있는 사람이 없었고, 마침 사서 공고를 본 나는 그 자리를 운으로 얻은 셈이었다. 사서 경력은 없었으나, 외국어를 조금 읽을 수 있는 덕을 본 것이다. 특기 사항에 적은 독일어도 오스트리아 출신의 선임 사서 눈에 들었으니, 운을 넘어서 운명이었을까?

업무 중에 '도서 폐기(weeding)'라는 것이 있었다. 2년간 대출 횟수가 0인 책들을 모아서 폐기하는 일이었다. 도서관 국제 도서 공간은 넓지 않아서 매년 관리를 해야만 했다. 새 책이 들어오는 속도가 빨라지

면 파손된 책들과 중복된 장서들은 자리를 내주어야
한다. 새 책이 들어와야 펀딩이 순환하기 때문에 아
깝고 안타까워도 내 손으로 처리해야 하는 일이었다.
도서관 수레에 담겨 지하 사무실로 들어온 책들은 몹
시 슬퍼 보였다. 사서의 슬픔은 잔인함을 동반한 것
이다. 마지막으로 책의 상태를 확인하고 가격 스티커
를 붙여 도서관 1층에 위치한 중고 서점으로 옮기거
나, 분리수거 상자에 미련 없이 버린다.

그 과정에서 눈에 들어오는 책은 단연 한국 서적이
다. 왜 한 번도 대출이 되지 않았을까? 중고 서점으로
간다고 해도, 한국인이 많지 않은 도시에서 이 책을
사 갈 사람은 없을 것 같았다. 1달러라고 해도 말이
다. 결국 1달러 스티커를 붙이는 대신, 대출 횟수 1을
만들어 주기로 했다. 도서관 대출 카드를 들고 1층으
로 올라가 책 뒷면의 바코드를 찍었다. 집으로 데려
가 2주 뒤에 반납해서 이 책들의 수명을 2년 늘렸다.
가끔 카드에 대출 횟수 제한이 뜨는 날이면 남편에게
연락했다. 남편은 도서관 입구에서 카드와 함께 입도
내밀며 말했다.

"책 좀 그만 살려."

책 구조사란 직업이 있다면, 당시의 나는 사서보다는 책 구조사에 가까웠을 것이다. 세부 분야는 한국 서적 구조사.

독일 한글학교 교사로 일하면서 종종 이용한 곳은 다운타운의 공공 도서관이었다. 복사기를 무료로 이용할 수 있어서 찾아갔지만, 그곳에는 한국어 어학 교재도 있었다. 듣기 CD가 포함된 책부터 여행책, 단어장 등 다양한 학습용 책들을 만날 수 있었다. 이런 책을 열면, 쫙 소리가 났다. 새 책이었다. 도서관에서 새 책을 만나면 반갑다고들 하지만, 한국어 교재를 새것 그대로 만나는 것은 어쩐지 애석한 일이다. 출간일을 보니, 10년 전이다. 듣기 파일을 CD로 제공하는 것도 오래전에 출간된 책임을 말해 준다. 요즘은 대부분 mp3 파일을 받을 수 있는 링크나 앱 접속 코드가 적혀 있다. 아무래도 한국어 어학 교재들은 새 모습 그대로 오랫동안 이 자리를 지키고 있었던 것 같았다. 조용히 몇 권 챙겨 바코드를 찍어 그들의 존재를 알리고, 대출의 흔적을 남긴 후 집에 데려왔다. 책의 표지를 찍어서 한글학교 단체 채팅방에 올렸다. 학생들에게 도움이 될 만한 페이지도 따로 적어 알려 주었다. 학생들은 도서관에 한국어 교재가 있다는 걸 처음 알았다고 했다. 그 주 한글학교 수업 때 미국에서 사서로 일했던 경험을 학생들에게 공유했다. 학생들은 공공 도서관 회원 가입을 하고, 가끔씩 대출하는 책을 찍어 채팅방에 올렸다. 그 사진 중에는 한국어 교재뿐만 아니라 한국 소설, 한국 그림책도 포함되어 있었다.

아마 지금도 학생들은 공공 도서관에 가면 어학 코너에서 한국어 교재를, 국제 도서 코너에서 한국 그림책과 소설책을 대출할 것이다. 한국어 책을 구조하는 일이 이제는 독일 학생들에게 넘겨졌다. 그 도시를 떠났지만, 잊히고 버려질 책들을 더 이상 걱정하지 않는다. 누군가 그 도시의 도서관에서 아이에게 한국어 그림책을 읽어 주고 있다면, 우리 학생들이 살린 책이라고 말해 주고 싶다. 외국어로 가득한 공간에서 한국어 소설책을 발견한 이에게 한글학교의 책 구조사를 자랑하고 싶다. 하지만 이 일은 남편에게는 비밀로 할까 한다. 분명 입을 내밀며 잔소리할 테니까. "한국 책 좀 그만 살려."라고.

한글학교의 특별한 학부모

한국어를 배우는 학생들이 교실로 들어가면, 학부모들은 학교 1층 카페테리아에 모여서 커피 한잔 마시는 오붓한 시간을 갖는다. 직장에서 독일어, 영어만 쓰던 아빠들은 모처럼 한국어로 수다를 떨 수 있어서 들뜬 모습이고, 일주일 내내 아이의 언어로 대화했던 엄마들은 어른의 언어로 말할 수 있다며 흥을 낸다. 오가는 대화에는 독일 회사의 근무 환경, 아이들 학교 문제, 병원 정보, 식재료 구입, 한국행 비행기 푯값 등 유익한 생활 정보로 가득하다. 간혹 이런 정보를 얻기 위해 종교가 없어도 한인교회에 나간다고 하는데, 한글학교가 그 자리를 대신해 주기도 한다. 이렇게 한국인들을 위한 커뮤니티가 형성되기도 하지만, 다른 테이블에서는 독일어가 오가기도 한다. 한독 가정의 독일 부모들은 지난 일주일 동안 있었던 일을 나누고 안부를 묻는다. 자녀를 위해서 한글학교를 찾은 이들이기에 가정 내 한국어 교육에 대한 정보도 주고받는다.

한국어 테이블과 독일어 테이블에 끼지 못하는 이들도 있다. 아이를 위해 한글학교에 오는 게 아닌, 배우자를 위해서 학교를 찾아온 경우이다. 외국인 배우자가 한국어를 배우고 싶어서 토요일마다 한글학교를 찾으면, 한국인 배우자는 수업이 끝날 때까지 기다린다. 나는 보통 수업이 끝나면, 꼭 한국인 배우자를 찾아 인사를 건넨다.

"학부모님, 한 주 잘 지내셨어요? 오늘은 '뭐뭐를 하는 동안'이라는 표현을 배웠어요. '그녀가 설거지를 하는 동안 나는 세탁기를 돌렸어요.' 이 예문을 어려워하시더라고요. 아무래도 '설거지'라는 단어가 어렵고, '세탁기를 돌리다'라는 표현도 어색해서 그럴 거예요. 텔레비전과 같은 기계를 예전에는 버튼을 돌려서 작동시켰기 때문에 '돌리다'라는 표현을 쓴다고 추가로 설명해 주시면 도움이 될 거예요. 다음 시간까지 이 부분을 연습해 오시면 좋을 것 같아요. 남편분이 오늘도 정말 잘하시더라고요. 듣기 부분은 거의 다 이해했고 문제도 빠짐없이 모두 풀었어요."

수업 내용과 진도를 알려 주고 부족한 부분을 도와 주라고 부탁한다. 집에서 사랑하는 사람이 애정을 담아 가르치는 언어는 결코 쉽게 잊히지 않는다. 교사로서 그 점을 노렸고, 대부분의 배우자는 가정에서 한국어 교육에 게으름을 피우지 않는다.

"선생님이 저를 학부모라 불러 줄 때마다 괜히 기분이 좋아요."
"계속 불러 드릴게요. 저도 잘 부탁드려요."

아이가 아닌 배우자가 한국어를 배우는 경우도 많다. 하지만 한글학교와 같은 교육 기관을 찾거나, 한국어 과외를 구하는 경우는 드물다. 직장인의 경우에는 시간을 내기 어렵고, 한국에서 살지 않으면 굳이 배우자 언어까지 배울 필요성은 느끼기 쉽지 않기 때문이다. 무엇보다 한국어는 매주 꾸준히 배워야 하기에 선뜻 시작하기에는 부담스럽다.

한국어 과외를 할 때도 대부분의 숙제 마지막에는 '배우자와 연습하기'를 내 준다. 숙제 용지에 또박또박 적힌 한글 필기에서 배우자가 얼마나 열심히 가르쳐 줬는지 확인할 수 있다. 다음 과외 시간에 학생을 만나면, 배우자와 연습했던 문장을 자랑하기도 하고, 요즘 MZ 세대들은 이렇게 표현한다고 으스대며 알려 주기도 한다. 그럴 때면 배우자들이 애정과 열정으로 가르쳐 주고 있다는 것이 확실히 드러난다.

15년 전 만난 대학원 동기는 베를린에서 나고 자랐다. 베를린에 놀러 온 한국인 여행객과 첫눈에 사랑에 빠져 구글 번역기의 도움을 받아 결혼했다. 서로 언어는 통하지 않았지만 마음은 통했기에 모든 장애물은 그저 지나가는 것일 뿐이라 여겼다. 동기가 한국인 아내를 소개해 준 날, 그녀는 듣던 것과는 달리 위축된 모습으로 나타났다. 동기는 배낭 하나 메고 90일간 유럽 여행을 한 아내를 세상에서 가장 용감하고 당당한 여자라고 설명했다. 기대했던 모습과는 달리 그녀는 몹시 지쳐 보였고, 한국인인 나를 만나자 반가운 듯 첫 만남에 모든 것을 털어놓았다. 국제결혼은 절대 하지 말라는 것이 결론이었다. 헤어질 때는 새끼손가락까지 세우며 나에게 약속해 달라고 했다.

"언니, 제발 국제결혼은 하지 마세요. 네?"

동기는 아내와의 불화를 학교에서 자주 얘기했고, 아내는 동기와 싸우고 집을 나올 때마다 나를 찾았다. 말이 통하지 않으니 사소한 오해가 생기고, 말이 통하지 않으니 오해가 풀리지 않았다. 반복되는 오해는 구글 번역기의 무능함 탓이라고 둘을 달랬지만, 갈등은 좀처럼 줄지 않았다. 그때였던 걸로 기억한다. 동기가 한국어를 배우기 시작했다. 베를린 시민학교에 한국어반이 있는데, 마침 대학원 옆 건물에 있는 한국학과 학생들이 나눠 준 신청서를 받았다고 했다. 동기와 그의 아내를 종종 만나면서 긍정적인 변화를 본 것도 그때 즈음이었다. 드디어 둘 사이의 언어 문제가 사라진 걸까? 언어로 인한 오해가 생기더라도 다시 언어로 풀 수 있게 된 걸까? 동기의 한국어 실력이 아내의 독일어 실력보다 좋아진 걸까? 여러 가지 추측이 만발했지만, 묻지 않았다.

둘의 사이가 가까워진 만큼 동기의 아내가 나를 찾는 횟수는 줄어들었다. 매일 울면서 걸던 전화도 한 달에 한 번 안부 인사로 바뀌었다. 친정을 방문하고 왔다며 한국에서 들고 온 김치와 반찬을 담아 건네준 날, 그녀의 표정은 여느 때보다 밝았다. 동기가 얘기했던 배낭 하나 메고 90일간 유럽 여행을 했던 용감하고 당당한 여성의 모습 그대로였다. 한국어를 배우는 남편을 도와주면서 둘 사이의 관계가 나아졌다는 얘기를 그때 들었다. 둘 사이에는 여전히 구글 번역기가 필수라고 했다. 동기의 한국어가 그만큼 뛰어난 건 아니었구나 싶었다. 덩달아 동기 아내의 독일어도 아직은 부족하구나 짐작했다. 그럼에도 둘 사이가 나아진 원인은 무엇이었을까?

"언니, C가 한국어 배우잖아요. 숙제가 많더라고요. 제가 주말마다 도와주거든요. 그때는 저 스스로가 되는 것 같아요. 자신감, 자존감의 회복이랄까요."

그녀의 말이 10년이 훨씬 지난 지금도 자주 생각난다. 외국인 배우자를 만나, 배우자의 나라에서 산다는 것은 누군가의 로망처럼 매일 반짝반짝한 건 아니다. 타향과 타국어가 주는 불편함과 압박감은 크고, 모국에서는 스스로 해낼 수 있던 것들이 무용지물이 되어 허탈감에 빠진다. 간단한 행정 처리도 낯선 방식과 외국어 때문에 쩔쩔매게 되고, 어렵지 않은 업무도 배우자가 없으면 불가능한 것처럼 느껴진다. 모국에서의 내 모습과 타국에서의 현재 내 모습 간의 괴리가 클수록 자주 무너지곤 한다. 처음에는 배우자에게 책임을 넘기게 된다. '너 하나 믿고 왔는데.', '너 때문에…' 배우자 탓은 결국 나에 대한 실망과 좌절감으로 돌아온다.

동기의 아내는 한국어 숙제와 공부를 도와주면서 조금씩 마음의 응어리를 풀고 있었다. 그것은 언어 습득에 대한 이해가 아니었다. 타국에서 작아지는 자신에 대한 오해를 풀어야 했다. 사랑하는 사람만 믿고 온 타국에서 스스로 할 수 있는 것이 분명 있다고. 그렇게 쓸모없는 사람이 아니라고. 외국인 배우자의 언어가 나의 모국어보다 상위에 있는 것이 아니라고. 단지 언어의 문제가 아닐지도 모른다고. 내 나라 언어를 알려 주면서 스스로의 효용성을 느끼고, 서로의 언어를 톺아보며, 서로를 깊이 알아 가고 있었다.

한글학교에서 마지막 교시까지 기다려 주는 배우자들을 '학부모'라고 부른다. 배우자가 부모는 아니지만, 그들의 책임감이 막중하다고 말해 주고 싶어서 그렇게 부른다. 진도와 내용을 짚어 주고, 보충할 사항과 숙제를 알려 주면, 한국인 배우자들은 진지하게 듣는다. 서로의 모국어가 오가는 시간에 그들이 나눌 대화가 그려진다. 한국어를 가르치는 한국인 배우자의 당당하고 뿌듯한 모습. 배우자의 언어를 존중하며 열심히 배우는 모습. 무엇보다 타국에서 자주 외로울 배우자가 모국어에 기대고, 스스로에게서 희망을 볼 수 있는 시간이라고 믿는다.

종강 파티 때 한 한국인 배우자가 내게 다가오더니, 귀에 대고 말했다.

"선생님, 다음 학기에는 숙제 더 많이 내 주세요."

역시 세계적으로 소문난 극성(fussy) 한국인 학부모답다. 하지만 이때만큼은 더욱 반가운 열정(busy) 학부모다.

엄마

독일인 아빠와 교포 2세 엄마가 두 아이를 데리고 왔다. 엄마는 자신의 한국어 실력으로는 아이들을 가르칠 수 없어 한글학교를 찾아왔다고 했다. 독일에서 나고 자란 엄마는 모어가 독일어였다. 큰 눈망울을 지닌 아이들은 낯선 분위기에 잔뜩 긴장한 눈치였다. 엄마는 떨어지지 않으려는 작은아이를 챙기면서 큰아이에게 교실을 찾아 들어가라고 했다. 큰아이는 의젓한 모습으로 고개를 끄덕이고 가방을 챙겨 교실로 향했다. 엄마에게 인사까지 건네면서….

"Mama, bis später. 마마, 이따 봐요."

작은아이는 엄마를 붙들고 울었고, 결국 엄마와 함께 첫 수업을 듣기로 했다. 동생이 걱정된 큰아이는 뒤돌아보며 말했다.

"Mama ist doch bei dir, also mach dir keine Sorgen. Ich bin gleich nebenan im Klassenzimmer, okay? Bis später. 마마가 함께 있으니 걱정하지 마. 나도 바로 옆 교실에 있을 거야. 알겠지? 이따 봐."

씩씩하고 든든한 형의 모습이었다. 큰아이는 첫 수업을 들으러 교실에 들어가면서도 동생을 향해 끝까지 손을 흔들어 주었다.

쉬는 시간에 커피를 가지러 1층으로 내려가는데 남자 화장실에서 이상한 소리가 들렸다. 어린아이의 울음소리.

"엄마~ 엄마~"
"누구니? 선생님이야. 누가 안에 있니?"

문을 두드리며 물었다.

"Die Tür ist abgeschlossen. 문이 잠겼어요."

안쪽 손잡이가 고장 난 모양이었다. 화장실 열쇠를 들고 와서 문을 열었다. 눈물범벅이 된 얼굴로 나온 사람은 오늘 첫 수업을 들은 큰아이였다. 마침 작은아이를 데리고 복도로 나온 엄마는 울고 있는 큰아이에게 한달음에 달려왔다. 엄마 품에 안겨서 아이는 서럽게 울었다.

"엄마~ 엄마~ 엄마~~~"

베를린에서 나에게 한국어 과외를 받은 학생 대부분은 나와 생김새는 비슷했지만, 모어가 달랐다. 그들은 한국도 부모도 기억에 담지 못한 어린 나이에 독일로 입양되었다. 그중 한 학생은 몇 년 전에 친모를 찾았고, 매해 여름휴가 때 한국을 방문했다. 친모를 만나기 전에는 한글을 몰랐지만, 한국에서 만난 친척들이 가르쳐 주고, 한글 쓰기책도 사 줬다며 자랑했다. 이모가 사 준 필통에 한국 문방구에서 산 연필과 지우개를 가득 채워 다니는 학생은 과외 시간마다 지난 한국 방문 때 보고 들은 얘기를 풀어놓거나, 다음 한국 방문 계획을 세워 알려 주었다. 한국어를 배우려고 과외를 신청했다기보다는 한국 가족과의 여름휴가를 자랑하려고 나를 만난다는 느낌이 들 정도였다.

그 학생이 여름 한국 방문 전에 편지 쓰기 수업을 부탁했다. 한국 가족에게 편지를 쓰고 싶다고 했다. 선물받은 한글 쓰기책도 열심히 했으니, 자신의 실력을 보여 주고 싶다고 했다. 미리 적어 온 노트에는 이모, 이모부, 사촌에게 적은 편지와 엄마에게 전할 말이 가득했다. 하나하나 준비해 온 카드에 공들여 옮겨 적으면서 말했다.

"Bitte erschrick nicht, falls ich weinen sollte. 제가 울어도 놀라지 마세요."

학생이 친모를 찾겠다는 마음을 먹고 입양인 모임에 참석했을 때, 대부분의 사람들은 한국에서 가족을 찾는 것이 불가능에 가깝다고 조언했다고 한다. 한국에 직접 가도 좋은 소식을 듣기는 어려우니 너무 기대하지 말라고, 간혹 찾더라도 기대했던 것처럼 반가운 만남이 아닌 경우도 있다며 말렸다고 했다. 학생이 그때 많이 들은 단어가 '엄마'였다. 많은 입양아들이 'Mama' 대신 '엄마'라고 불렀다. 전에는 '엄마'라는 단어가 낯설었는데, 그 모임을 통해서 자신도 'Mama' 대신 '엄마'를 찾고 싶다는 마음이 들었다고 했다. 엄마를 찾기 어렵더라도, 혹시 반가운 만남이 아닐지라도 꼭 한 번은 엄마를 만나고 싶다는 마음에 결국 한국 방문을 선택했다. 자신은 운이 좋아서 엄마를 만났지만, 입양 모임 친구들에게는 미안한 마음이 든다고 털어놓았다.

"Wenn ich das Wort 'Umma' höre oder benutze, werde ich traurig, weil ich an meine Freunde denken muss. Es fühlt sich so an, als ob nur ich eine koreanische Umma hätte. Natürlich haben meine Freunde wundervolle deutsche Mamas, aber sie haben eben keine koreanische Umma. 저는 엄마라는 말을 듣거나 쓰면, 친구들이 생각나서 더 슬퍼요. 저만 엄마를 만난 것 같아서요. 물론 친구들은 훌륭한 독일 Mama가 있어요. 하지만 한국 엄마는 없어요."

학생은 한국에 있는 가족에게 편지를 쓰면서도, 아직 엄마를 만나지 못한 다른 친구들을 걱정하고 있었다. 자신이 누리는 행운이 혹시나 누군가에게는 아픔이나 슬픔이 될까 조심스러워하는 마음이 느껴졌다. 이후에도 다른 과외 학생들을 통해 친모를 찾는 입양아 친구들의 소식을 들었다. 그때마다 들은 건, 그들이 'Mama'가 아닌 '엄마'를 찾고 있다는 것이었다. '엄마'와 'Mama'는 단지 언어의 차이가 아니다. 그 단어를 부를 수 있느냐 없느냐의 거리이다. 누군가에게는 기다림의 시간까지 담겨 있다. 오늘도 누군가는 Mama를 부르고, 누군가는 엄마를 찾는다. 한글학교에서 독일어로만 이야기하던 아이도 두렵고 무서운 상황에서는 엄마를 찾는다. Mama에게 안겨 엄마를 부르며 운다.

헷갈리는 단어들

　김치찌게 아니고 김치찌개, 떡볶기 아니고 떡볶이, 육계장 아니고 육개장…. 메뉴판에서 심심치 않게 보였던 오타들. 어느 날은 김치찌게가 맞다고 우기는 옆 테이블 젊은 커플의 대화를 듣다가 컵에 담긴 애꿎은 물만 꿀꺽꿀꺽 삼킨 적이 있다. 사실은 말을 삼킨 셈이다. 소셜미디어를 돌아다니는 짧은 글에서도 자잘하게 틀린 맞춤법을 보게 되지만, 외국인도 자주 보는 유튜브 영상 속 자막은 작은 오류라도 고쳐 주고 싶다. '안돼요'를 '안되요'로 쓰거나, '그렇지만'을 '그렇치만'으로 쓰고, '안 좋다'를 '않 좋다'로 표기한 경우가 자주 보인다.

　한 달에 한 번은 '헷갈리는 단어'를 정리해서 학생들과 함께 읽고 공부한다. 'ㅐ'와 'ㅔ'의 쓰임을 혼동하거나, 'ㅙ'와 'ㅚ'를 구별하지 못하는 경우와는 다르다.

'살 - 쌀', '똑똑하다 - 딱딱하다' 평음 ㅅ과 경음 ㅆ은 소리를 낼 때 성대를 이용하는 법이 다르다. 독일 사람들은 성대를 크게 긴장시키는 경음 ㅆ의 소리가 생소하다. 그래서 ㅅ과 ㅆ의 소리가 기능적으로 다르다는 걸 쉽게 체감하지 못한다. '살'과 '쌀'을 소리 낼 때 학생들은 분명 다른 소리를 낸다고 생각하지만, 나에게는 같은 소리로 들려서 난감한 경우가 있다. '똑똑하다'와 '딱딱하다'는 학생들에게는 비슷하게 들리는 소리라, 매번 칠판에 적어야 오해를 방지할 수 있다.

그 밖에 '차다 - 짜다', '춥다 - 줍다', '업다 - 없다' 등 발음할 때 구분이 안 되거나, 들을 때 차이를 느끼지 못하는 단어가 많다. 그러다 보니 학생들에게 글자는 매우 중요하다. 듣기와 말하기로 구분이 안 되는 단어를 학생들은 눈에 보이는 글자로 익힌다. '살 - 쌀'은 발음이 어렵고, '똑똑하다 - 딱딱하다'는 들었을 때 이따금씩 되물어야 하는 단어지만, 글자로는 쉽게 뜻을 구별할 수 있다.

동음이의어도 헷갈리는 단어 목록에 늘 포함시킨다. 한국어에는 영어, 독일어와 달리 동음이의어가 많다. 음절 수가 짧은 단어가 많아서이다. 밤(night, chestnut), 말(speak, horse, end)의 경우처럼 한 음절 단어에 여러 가지 의미를 담은 단어들이 있다. 한자어도 한 단어에 여러 가지 뜻이 포함된다. '수'라는 단어에는 셈, 머리, 손 등 수십 개의 뜻이 있고, '정'도 소리는 하나지만 마음, 성, 바른 등 다채로운 뜻을 지닌다. 중국어와 베트남어처럼 성조가 있는 언어는 소리로 구분할 수 있지만, 발음 높낮이가 없는 한국어는 이마저도 어렵다. 학생들은 한 음절의 단어 옆에 여러 가지 다른 뜻을 가지런히 적어 놓는다. 이 순간만큼은 입보다 눈이 더 부지런해진다.

'헷갈리는 단어'를 정리하는 날이면 학생들이 더욱 집중하는 이유이기도 하다. 칠판에 적힌 뜻을 노트에 따라 적으면서도 신중하다. 실수할까 봐 한 자 한 자 오래 바라보고 정성 들여 옮겨 적는다. 가르치는 사람 입장에서 그 과정을 보고 있노라면, 가벼운 앎으로 섣불리 예를 들거나 어설픈 배경지식을 설명하는 일은 자제하려고 한다. 한글로 판서를 할 때도 흘려 쓰지 않으려고 노력한다.

최근 많은 학생들이 유튜브를 통해서 한국어를 배

운다. 토요일마다 질문을 들고 찾아오는 학생들은 대부분 영상에서 본 단어의 뜻을 묻거나, 자막에 나오는 신조어를 궁금해한다. 신조어에는 줄임말의 형태가 많아 노트북을 켜 놓고 학생과 함께 찾아봐야 한다. '별 걸 다 줄여서 쓴다'는 뜻의 '별다줄'도 그런 식으로 알게 된 신조어이다. 학생들은 보통 질문을 종이에 적어서 온다. 어찌나 또박또박 정성 들여 적어 오는지, 띄어쓰기 역시 말할 것도 없이 완벽하다. 아마도 학생들이 생각하는 한국어는 정성의 언어인지도 모르겠다.

글자 위주로 외국어를 익히는 학습자도 있다. 듣기와 말하기가 아닌, 쓰인 글자와 쓰는 글자로 외국어를 공부하는 학생들이 있다는 걸 생각하면, 성의 없이 달아 놓은 유튜브 자막이 더욱 아쉬워진다. 한 자 한 자 노력을 들여 한국어를 배우는 학생들이 있다는 걸 인지하고, 자막도 한 땀 한 땀 공들여 새겨 넣길.

써 주는 글

　아이 학교에 중요한 메일을 보낼 때, ChatGPT의 도움을 받기로 했다. 처음에는 영어로 작성해서 수정만 부탁했다가, 요즘은 단어 몇 개만 적고는 전체 메일을 써 달라고 한다. 참 이상한 것은, 늘 메일을 보내고 찝찝함이 남는다는 것이다. 완벽한 문법과 문장으로 수려하게 써진 메일을 보내 놓고 개운치 않은 기분이 든다.

　보통 쓰기 수업은 숙제로 대체한다. 주제에 맞는 글을 써 오면, 첨삭 지도를 해서 돌려주는 방식이다. 학생들은 대부분 다섯 줄에서 열 줄 정도의 글을 손글씨로 적어 온다. 그러면 맞춤법과 띄어쓰기를 봐 주고, 더 적절한 단어와 예시를 적어 준다. 학생들은 대부분 비슷한 부분에서 실수한다. 언어는 근육이라, 자주 틀리는 부분이 굳어지기 전에 바로잡아 줘야 한다. 쓰기 숙제를 봐 주면서 수업 시간에 보지 못한 학생들의 장점도 보게 된다. 말하기 시간에는 부끄러워서 뒤로 물러났던 학생도 글을 쓸 때는 분명하게 자신의 목소리를 낸다. 매번 글쓰기 속에 각자 즐겨 사용하는 말들을 담는다. 이 단어를 좋아하는구나. 이런 단어도 알고 있었구나. 이 학생은 이 형용사를 이렇게 사용하는구나. 쓰기 숙제를 보다 보면 학생의 얼굴과 목소리가 떠오르니, '글은 사람 그 자체구나.'라는 생각도 새삼스레 들었다.

언제부턴가 학생들이 제출하는 쓰기 숙제가 달라지기 시작했다. 몇몇 학생들은 손 글씨 대신 타이핑을 했고, 열 줄 이상의 긴 글을 제출하는 학생도 있었다. 자주 틀리던 실수가 전혀 보이지 않고, 각자 좋아하던 단어도 글에서 사라졌다. 사실 첨삭해 줄 부분이 거의 없었다. 글에서 학생들의 얼굴이 보이지 않고, 목소리도 들리지 않았다. 이전에 봤던 것과는 전혀 다른 글을 마주하고 있으니, 낯설고 서늘했다.

한글학교 수업을 맡고 몇 달 뒤에 ChatGPT가 매일 뉴스를 뜨겁게 달궜다. 첫 주에만 100만 명이 넘는 사람들이 사용했고, 이제는 인공지능이 우리 생활에 없어서는 안 될 기술이라는 의견이 많았다. 학생들의 글쓰기가 전혀 다른 얼굴을 보였던 이유도 바로 이 인공지능을 사용해서였다. 군더더기 없이 깔끔하고 완벽한 문장이 주는 차가운 이질감이었다.

학생들에게 ChatGPT를 사용하지 말라는 이야기를 꺼내지는 않았다. 숙제를 잘하고 싶은 마음에 상처를 주는 말은 삼가고 싶었다. ChatGPT가 도움이 되는 부분을 부정하고 싶지도 않았다. 학생들이 인공지능을 사용하면서 나름의 한국어 공부법을 찾을 수 있지 않을까? 인공지능이 자주 틀리는 표현을 수정해 주거나, 조금 더 나은 문장으로 다듬어 줘서 실시간 한국어 첨삭 지도를 받고 있을지도 모른다.

쓰기 숙제는 예전처럼 계속 내 줬다. 첨삭이 필요 없는 글에도 가능하면 분홍색 펜으로 형용사와 부사를 더 적어 주었다. 가끔은 학생이 자주 사용하던 단어가 사라진 글에 일부러 그 단어를 넣어 주기도 했다. 손 글씨로 적은 예전 글에서 학생들이 유난히 좋아했던 표현과 어휘를 찾아, 낯선 얼굴의 글에 채워 주었다. 그렇게 얼마간의 시간이 흐르자 학생들은 인공지능의 손을 빌리더라도 조금씩 직접 쓴 문장을 포함하기 시작했다. 여전히 이질적인 글이어도 종종 학생의 목소리가 들리는 문장을 만나면 괜히 반갑고 안심이 되었다.

　가끔 메일을 보낼 때 ChatGPT를 이용하면서 마음 한구석이 찜찜한 이유는 내 글이 아니라는 생각이 들어서이다. 아직까지 글은 '쓰는 행위'라고 여겨진다. 누군가 혹은 인공지능이 '써 주는 글'이 내 글이 될 수 있을까?

번역할 수 없는 언어

"독일어는 어렵지 않나요?"

"생각보다 알고 있는 독일어 어휘가 많을 거예요."

자주 듣는 질문에 늘 같은 답을 하면, 다들 어리둥절한 표정을 짓는다. 그러면 '아르바이트(Arbeit)', '알레르기(Allergie)'가 독일어라고 알려 준다. 이어서 '위버멘쉬(Übermensch)', '짜이트가이스트(Zeitgeist)'를 말하면, 본인이 알고 있는 독일어 단어가 생각보다 많다는 것을 알아챈다. 굳이 번역하지 않는 단어들이 있다. 위버멘쉬를 초인으로, 짜이트가이스트를 시대정신으로 번역하면 온전히 전달되지 않는 느낌이 든다. 그래서 요즘은 번역 대신에 단어를 그대로 적어놓는 경우가 많다. 직역하면 뜻이 제대로 전달되지 않거나, 긴 추가 설명이 필요하기 때문이다.

'샤덴프로이데(Schadenfreude)'도 번역 없이 그대로 쓴다. 처음에는 '쌤통' 혹은 '고소해하는 마음'으로 번역되어 쓰였다. 하지만 샤덴프로이데는 그 두 단어로 완벽하게 대체되지 않는다. 18세기 문학에서 등장한 말이지만, 19세기 초중반 활동했던 쇼펜하우어는 '악'으로 표현했다. 나에게 직접적인 이득이 없음에도 남의 고통을 통해 행복감을 얻는 것을 인간의 본성 중에서 가장 악한 모습이라고 꼬집었다. 이후에 유대인 학살과 세계 대전을 역사적으로 해석하면서 이 단어가 다시 등장했다. 현대인들은 '나치는 소수였다고 하지만, 왜 당시 다수의 국민들은 그 현장을 목도하면서도 부정했는가? 왜 침묵했는가?'라는 물음을 가졌다. 이것이 바로 샤덴프로이데였다. 나치는 내가 잘살기 위해서는 저들이 불행해져야 한다는 논리를 펼쳤고, 대다수가 암묵적으로 동의했다. 전장에서 적군의 죽음을 마주하거나 적국의 도시가 파괴될 때마다 행복을 느꼈다는 당시 독일군의 증언이 나왔다. 현재 독일에서는 샤덴프로이데를 전쟁에 덧붙여 가르치며 경계해야 할 마음으로 교육한다. 제법 긴 설명을 적은 이유는 단어 하나를 다른 단어 하나로 대체하는 일이 언제나 올바르게 작동하는 것이 아님을 말하기 위해서이다. '샤덴프로이데'는 '쌤통'으로 대체하기에는 너무나 무거운 죄책감이 깃든 단어이다.

한국어 중에도 영어나 독일어로 번역하기 어려운 단어가 있다. 이미 다른 책이나 여러 매체에서 다뤄진 '정(情)', '한(恨)', '눈치'가 대표적이다. 독일 동부 여행 중에 찾아간 한국 식당의 천장에 전등이 많이 달려 있었다. 전등에는 모두 '눈치'라고 쓰여 있었다. 손님들에게 눈치를 챙기라는 뜻인가? 궁금해서 식당 주인에게 물어보니, 이전 주인에게서 인수한 식당이라 알 수 없다고 했다. 베트남에서 이민 왔다는 식당 주인은 오히려 나에게 '눈치'를 설명해 달라고 했다. 한국인에게는 너무 중요한 단어인 것 같다며 설명을 듣는 내내 식당 주인은 진지한 표정을 지었다. 혹시나 오역을 할까 싶어서 도리어 눈치를 봤다.

영화 〈패스트 라이브즈(Past Lives)〉에서는 '인연'이란 단어를 직역하기 어려워하는 주인공의 모습이 나온다. 'special connection', 'destiny', 'soulmates' 등의 단어로는 어쩐지 설명이 부족하다. 어쩌면 그 영화는 처음부터 끝까지 우리에게 '인연'을 번역해 주고 있는 것 같다. 단어 하나가 마치 긴 서사를 담아야 하는 것처럼 말이다. 영화 〈패터슨(Paterson)〉에서도 마찬가지다. 시집을 번역서로 읽는 일은 샤워할 때 우비를 입고 하는 것과 같다는 표현이 나온다. 그만큼 단어를 번역하는 것이 얼마나 어려운 일인지, 또 이면의 뜻과 문화까지 이해하기에는 얼마나 많은 것들이 뒷받침되어야 하는지를 잘 보여 준다.

한국어를 가르치면서 나에게는 유난히 어려운 단어가 있다. 직역해서 번역하기는 쉬우나, 그 너머의 무언가가 텅 빈 느낌을 들게 해서 매번 망설이게 되는 단어, 바로 '우리'이다. 'We', 'Our'로 쉽게 직역되지만, 그럼에도 'I', 'My'로 번역해야만 한다. 독일어나 영어로 한국어 수업을 진행할 때마다 1초의 망설임을 주는 말이 '우리 집', '우리 가족', '우리 엄마'와 '우리나라'이다. 우리 엄마를 'our mother'가 아닌 'my mother'로 바꾸어 말한다. 그리고 습관처럼 학생과 나를 묶어서 '우리는', '우리의'라고 말할 때마다 뒤에 꼭 'sorry'를 붙인다. 개인의 가치를 높이 두는 문화에서 동의 없이 공동체로 묶은 나의 실수에 대한 사과의 뜻이지만, 한편으로는 이 단어에 담긴 연대감을 언젠가는 그들도 느끼길 바라는 나의 욕심을 담은 유감 표시이기도 하다.

물론 한국 사람들에게 '우리'는 특별하지만 유별나게 대하는 단어는 아니다. 어릴 적부터 습관처럼 사용한 단어이기도 하고, '우리' 안에 담긴 정서적인 유대감을 이해하기 때문이다. 공동체 의식을 담기도 하고, 나라는 존재를 앞세우기보다 우리라는 표현으로 겸손의 미덕을 보이기도 한다. 수업 시간에 한국 드라마를 틀어 놓고 영상 수업을 하는 날이면, '우리'라는 말이 자연스레 화두가 된다.

"Es ist mir etwas unangenehm, 'Wir' zu sagen. 선생님, '우리'라는 말을 들을 때마다 어색해요."

여전히 학생 대다수가 '우리'를 어려워한다. 특히, '우리 엄마'가 이해되지 않는다고 한다. "친구 엄마가 왜 나의 엄마가 되는가?"라는 물음과 비슷하다. 한국에서는 친구 엄마를 '엄마'나 '어머니'라 부르기도 한다면서 천천히 설명해 준다. 나의 엄마가 너의 엄마가 될 수 있다는 뜻은 우리 사이가 끈끈하고 믿음이 있음을 말해 주는 것과 같다고 알려 준다. 또한, '우리 엄마'라고 함으로써 나라는 존재가 홀로 존재하는 것이 아니고, 하나의 안정된 테두리에 속한 존재로 인식된다고도 설명한다. '우리 엄마'라는 말을 듣는 순간, 말을 한 상대방이 얼마나 귀한 존재인지 알게 되고, 당신이 상대에게 얼마나 특별한 사람인지 깨닫게 된다고 마무리 짓는다.

빙고 게임으로 어휘 수업을 진행한 날, 한국에서 친정 엄마가 보내 준 진공 포장 김치를 1등 상품으로 내세웠다.

"Der heutige Hauptpreis ist Kimchi, das meine Mama geschickt hat. 오늘의 우승 상품은 저의 엄마가 보낸 김치입니다."

한 학생이 웃으며 말했다.

"Echt? Hat unsere Mama Kimchi geschickt? 우리 엄마가 김치를 보냈어요?"

이제는 학생들이 알아서 'I'와 'My'를 'We'와 'Our'로 바꿔 준다. 아무래도 우리의 번역이 제대로 통한 것 같다.

마지막 수업

나에게 공항은 유독 머물기 힘든 장소이다. 여행을 떠나는 설렘이 있는 곳이거나, 가족이나 친구를 반갑게 마중하는 곳이 아니다. 사랑하는 사람들을 슬프게 배웅하며 이별하는 공간이다. 공항에 도착해서 자동문이 열리는 순간 밀려드는 쾌적한 공기는 오히려 나에게는 스산하게 느껴진다. 이별에 취약하다. 습관은 내성을 만든다고 하지만, 나에게는 오히려 트라우마에 가깝다. 이별을 겪거나 앓고 나면 강해진다는 말이 있지만, 나에게는 그저 이별 사전에 또 다른 사례나 예문을 하나 더 추가한 것과 같다. 모든 이별은 다른 모습으로 기록된다. 각 이별의 후유증은 모두 다른 흉터를 남긴다.

한국어 수업도 나에게는 공항과 비슷한 감정의 기록을 남겼다. 교사와 학생으로 만날 때는 서로가 서로에게 설레고 배우는 과정에 늘 새로움과 즐거움이 있지만, 헤어질 때는 서로를 바라보는 것조차 힘들다. 베를린에서 한국어 과외를 할 때 학생의 사정으로 그만두어야 하는 순간이 다가오면, 줄어들 생활비 걱정보다 마지막 수업에 줄줄 흘릴 눈물을 먼저 걱정했다. 마지막을 좋은 기억으로 남기기에는 나의 우는 모습이 너무나 볼품없고 초라하다. 내 사정으로 과외를 마무리 지어야 할 때도 차마 얼굴을 보고 말할 수 없어서 이메일을 쓰거나 손 편지를 썼다. 결국 편지를 건네면서 꺼이꺼이 울었고, 학생은 편지를 읽기도 전에 우리의 수업이 끝날 것임을 알았다.

남편이 미국행을 이야기했을 때, 한글학교 학생들이 떠올라 한동안 힘들었다. 아무렇지 않은 듯 수업을 진행하면서도, 학생들의 눈을 마주치면 자주 울컥했다. 숙제를 받아들고 집에서 첨삭할 때마다 흑흑 울었다. 아마 학생들은 눈물 자국을 칠칠맞지 못한 교사가 음료를 흘린 것으로 알았을 것이다. 후임 교사 채용이 늦어지면서 혼자 앓는 이별의 고통이 길어졌다. 세 달 뒤에 있을 TOPIK을 준비하는 학생들은 시험을 마치고 돌아오는 길에 베를린 한식당에서 떡볶이와 만두, 순대를 먹자고 제안했다. 함께하지 못한다는 말을 삼키며 눈물을 글썽이자, 학생들이 놀라며 쳐다봤다.

"아, 저는 순대 못 먹어요."

생뚱맞은 말이 나왔지만, 학생들은 눈치채지 못하고 웃었다.

한국어 수업은 한국어와 한국 문화를 가르치면서 언어라는 지식과 정보를 전달하는 시간이다. 언어에는 인간의 사고와 감정이 녹아 있어, 하나를 설명하더라도 학생들에게 전달되는 것에는 정보 이상의 감성과 감정이 포함된다. 때로는 나의 경험을 나누기도 하고, 과거와 현재의 감정과 상태를 설명하기도 한다. 학생들은 교사가 나누는 언어에 자신의 상황과 감정을 덧입히며 각자에게 맞는 새로운 언어를 익힌다. 수업 두 시간을 꽉 채우고 기력이 떨어져 급하게 당을 충전하면서도 마음은 이미 가득 충전된 느낌이다. 매번 쏟아 낸 수업의 양보다 담아 가는 교감의 열매가 더 크다.

때론 어설픈 나의 독일어 발음이 수업에 방해가 될까 노심초사할 때도 있었지만, 학생들 덕분에 민망한 순간은 없었다. 학생들은 오히려 노력하는 내 모습을 응원했다. 어느 날은 내가 한국어를 가르치는 시간임에도, 학생들의 격려를 받으며 독일어를 배우는 느낌이 들었다. 서로가 부족한 것을 인정하고, 그 부족함을 채워 주고자 서로에게 최선을 다했다. 누군가 따라오지 못할 때 잠깐 멈추고 기다리는 것을 모두 이해해 주었다. 각자 자기만의 속도가 있을 테지만, 이인삼각 경기처럼 누구도 먼저 앞서가려 하지 않았다. 교사가 준비해 온 수업 자료가 성에 차지 않은 날도 있었을 테지만, 첫 줄부터 마지막 줄까지 허투루 읽거나 넘기지 않았다. 자신의 실력에 비해 쉬운 수업을 듣는 날에도 나서지 않고 교사의 속도에 맞춰 주었다. 말하지 않아도 서로가 서로의 배려와 노력을 알았다.

매주 토요일 적지 않은 시간과 애정으로 쌓아 올린 팀워크는 내게 기쁨이 되어 주었지만, 예고된 이별 앞에서는 단단해진 관계가 더욱 조심스러웠다. 결국 학생들에게 미리 공지하는 것을 포기하고, 갑작스럽겠지만 마지막 수업 시간에 말하기로 결정했다. 이미 여러 교사가 지나간 자리였기에 학생들이 느낄 당혹감과 불편함은 충분히 짐작할 수 있었다. 오래 함께하고 싶은 내 마음을 지키지 못한 미안함에 마지막 말을 꺼내기 어려웠다. 마지막 수업을 마치고 학생들이 가방을 챙기는 순간에 말을 꺼냈다.

"Ich habe etwas Wichtiges mitzuteilen. Heute ist meine letzte Stunde, denn ich werde in die USA ge….
중요한 얘기가 있어요. 오늘이 제 마지막 수업이에요. 제가 미국으로 가게 됐…"

학생들은 아무 말도 하지 않았다. 짧지만 무거운 침묵. 한 학생이 한국어로 또박또박 말했다.

"이런 선생님 두 번 다시 없을 거예요."

다른 학생들도 이어서 말했다.

"선생님, 저는 슬픕니다."
"선생님, 마음이 아파요."
"저는 웁니다."
"선생님, 당신은 최고입니다. 우리는 감사합니다."

한국어로 마지막 인사를 전하는 학생들의 한 문장

한 문장은 절대 잊지 못할 것이다.

여전히 한국어 과외 학생을 처음 만나는 날에는 마음이 들뜨지만, 정해진 이별을 미리 떠올리곤 한다. 이 학생과는 얼마나 많은 대화를 주고받을까? 서로가 서로에게 얼마나 노력할 수 있을까? 이 학생은 어떤 이야기를 품고 살고 있을까? 이 학생에게 한국어는 무엇일까? 학생이 목표를 달성할 수 있도록 내가 도와줄 수 있을까? 우리 또 잘 헤어질 수 있을까?

베를린으로 TOPIK을 보러 간 학생들에게서 사진 한 장을 받았다. 한식당에서 찍은 사진 속에서 그리운 사람들이 브이를 그리며 웃고 있었다. 사진 속에 순대는 없었다.

3. 한국어는 제 모국어입니다.

가족 호칭

한글학교 학생들이 복잡하게 여기는 것 중에 하나가 바로 가족 호칭이다. 'Aunt'라고 불리는 여자 친척이 한국에서는 다양한 호칭으로 불린다. 이모, 고모, 숙모, 외숙모…. 'Uncle'의 경우도 마찬가지다. 삼촌, 큰아버지, 작은아버지, 외삼촌, 고모부, 이모부…. 학생들도 어렵겠지만, 설명하는 입장에서도 난감해서 칠판이 꼭 필요하다. 먼저 가계도를 그리고 가운데에 아버지, 어머니를 쓰면서 수업을 시작한다. 아버지 쪽에는 할아버지, 할머니, 고모, 고모부, 삼촌, 숙모, 큰아버지, 작은아버지를 쓰고 알려 준다. 어머니 쪽에는 외할아버지, 외할머니, 이모, 이모부, 외삼촌, 외숙모를 채운다. 학생들은 대부분 외워야 할 것으로 순순히 받아들이는데, 어머니 쪽 친척에만 '외-'가 붙는 것은 쉽게 이해하지 못한다. 학생들이 가장 많이 하는 질문이 "'은/는'과 '이/가'의 차이는 무엇인가요?"이고, 그다음으로 자주 묻는 것이 "왜 외할머니와 할

머니를 구분하나요?"이다.

부계 중심 사회였던 조선 시대에서부터 이어져 내려온 가족 제도에 따르면, 아버지 쪽이 기준이 되는 '본가(本家)'에 해당한다. 어머니 쪽은 본가, 즉 집안 식구가 아니라는 뜻으로 '외가(外家)'라고 표현했다. 외할머니, 외할아버지는 집안이 아닌 집 밖의 사람인 것이다. 그렇기 때문에 누군가 '왜 외할머니와 할머니를 구분하나요?'라고 질문하는 것은 학생들에게 조선 시대의 가족 관계와 여성의 지위에 대해 설명할 수 있는 좋은 기회가 된다. 사실 이 질문을 좋아하고 즐긴다. 한국에서 여성의 지위가 낮았던 과거를 돌아보며, 현재 여성의 위상과 비교해 볼 수 있기 때문이다. 나아가 한국과 독일의 성평등 제도를 논하고, 일부 단어에 내포된 성차별에 관해서도 진지하게 이야기해 볼 수 있다.

한글학교에서 문화나 사회 제도에 관해 수업할 때 어떤 교사들은 무턱대고 한국 문화가 서양 문화보다 우월하다고 얘기하거나 혹은 그 반대로 지나치게 한국을 폄하한다는 이야기를 들은 적이 있다. 물론, 한국어 교사들이 한국의 좋은 점을 더 많이 부각하고

싶은 마음을 이해하고, 외국 학생들을 존중하는 의미에서 한국의 부족한 점을 이야기하며 서양 국가를 띄워 주는 겸손한 태도를 보이는 것도 이해한다. 그사이 답을 찾는 과정에서 한글학교의 수업 시간이 큰 도움이 된다. "왜 외할머니와 할머니를 구분하나요?" 이 질문은 육상 경기의 출발 총성과도 같다. 앞서거니 뒤서거니만 할 뿐 가려는 방향과 목표는 같으니 말이다.

여성의 지위를 따질 때 역사적 근거로 참정권을 예로 드는 경우가 많다. 여성의 선거권이 1918년에 주어진 독일에 비해 한국은 30년 늦은 1948년에 보장되었다. 스위스 여성들은 23년 뒤인 1971년에 그 권리를 획득했다. 현재는 여성의 지위를 경제 활동 참여율과 성별 임금 격차, 정치 리더십 등으로 판단할 수 있다. 한국은 경제 활동 참여율과 정치 리더십이 독일보다 10퍼센트 이상 낮고, 임금도 남성보다 적게 받고 있음을 확인할 수 있다.

언어에서도 성평등과 성차별이 드러난다. 여의사, 여배우, 여교사, 여작가, 여경, 여군 등은 남성이 기본값을 갖고, 여성은 따로 표시해야 하는 존재처럼 보

이게 한다. 물론 이런 문제를 해결하고자 하는 노력도 꾸준히 있어 왔다. 국립국어원에서는 〈성평등 언어 사용 안내서〉를 발간하고 언어를 중립적으로 사용하는 기준을 내놓았고, 직업명을 성 중립화하고 남성 기본값을 제거하자는 의견도 제시되어 속속 반영되고 있다. 독일에서는 우리보다 더 어렵게 이 문제에 접근하고 있다. 독일어는 문법적으로 성별이 있는 언어이다. 단어마다 남성(der), 여성(die), 중성(das)으로 격을 나눈다. 그런데 기본형은 늘 남성형으로 쓰여 여성이나 다른 성 정체성을 배제하고 있다. 예를 들어 '모든 교사'라고 쓸 때도, 'Alle Lehrer' 즉 '모든 남교사들'이라고 표기한다. 이런 표기가 무의식적인 성차별을 강요한다는 의견에 따라 새로운 표기법이 등장했다. 'Lehrer:innen(선생님들)'과 같이 :(콜론)을 넣어 젠더 중립을 나타내는 것이다. 이 ':'을 '젠더 콜론'이라고 부르는 이유이다.

"왜 외할머니와 할머니를 구분하나요?"라는 질문을 받으면 그 순간만큼은 한국과 독일을 구분하지 않고, 각자의 언어가 갖고 있는 성차별 문제에 대해 이야기하게 된다. 알고 있던 문제가 드러나기도 하지만, 모르고 사용했던 문제의 단어를 알게 되어 스스로 정정

하는 시간을 갖기도 한다. 이제는 어느 나라가 더 부유하고 더 큰 문화적 자산과 더 높은 가치를 갖고 있는지 토론하는 것이 아니라, 모든 나라가 지녔으면 하는 조금 더 나은 방향을 함께 생각해 보는 것이다. 무심코 쓰는 단어 하나에도 미처 인식하지 못한 차별이 담겨 있음을 알고, 그 단어 사이에 젠더 콜론(:)을 넣어 주는 작은 실천이 공동체를 위한 큰 발걸음이라는 사실을 알아 간다.

오늘도 한글학교에 출발 총성이 울렸으니, 앞서거니 뒤서거니 모두 결승점에 도달할 것이다.

싫어해!

다가오는 토요일 한글학교 수업을 준비하던 중 메일 알림 창이 떴다. 보낸 이의 이름을 보자 반가우면서도 불안한 마음이 들었다. 한글학교 고급반에 등록한 학생인데, 개강 후 세 달이 지났지만, 아직 직접 만나지는 못했다. 세 달째 결석인 상태였다. 메일을 열어 보니, 긴 이야기가 담겨 있었다. 한글학교에 다시 오고 싶은 마음에 등록비까지 냈지만, 아직 마음의 준비가 되지 않았으니 조금만 더 자신의 자리를 없애지 말고 기다려 달라는 내용이었다. 전에 이 학생의 한국어 수업을 맡았던 임시 교사의 말이 여전히 상처로 남아 있다는 것이다. 아직 시간이 필요하지만, 한글학교에 돌아올 자리도 역시 필요하다는 학생의 메일에 답장을 보냈다. 언제든 편한 날에 커피 한잔 하자는 제안에 학생은 다음 날 오전에 시내의 한 카페가 좋겠다고 바로 답했다.

다음 날 크루아상과 라테를 앞에 두고 장기 결석생을 만났다. 진한 눈매와 높은 콧대가 매력적인 학생은 만나자마자 포옹을 하더니, 자신이 최근에 보고 있는 한국 드라마 주인공과 스토리를 주저리주저리 풀어냈다. 내심 긴장한 모습을 들키고 싶지 않은 듯했다. 조심스레 커피잔을 쥐고 있던 학생의 손을 잡았다. 그리고 물었다.

"Ist alles in Ordnung? Darf ich fragen, was los ist? 괜찮아요? 무슨 일인지 물어봐도 될까요?"

학생은 코끝을 찡긋하더니, 커피잔을 만지작거리다 천천히 속마음을 털어놓았다. 한국 드라마의 남자 주인공에 빠져 한국을 세 번이나 방문하고, 한글학교가 시작된다는 소식을 듣자마자 등록했다고 했다. 소셜미디어를 통해 한식당이 생겼다는 소식을 알게 되면 세 시간 거리라도 기꺼이 달려갔으며, 돌아오는 길에는 한글학교 학생들을 위해 두 손 가득 포장까지 해 왔다. 한국에 대한 마음만큼이나 한글학교에 대한 애정이 남달랐다. 다른 교사를 통해서 그 학생의 한국 사랑을 들은 적이 있었다. 그런데 그의 마음에 왜 상처가 생겼을까? 학생은 수업 중 교사가 한 말에 마

음이 아팠다고 했다.

"Ich hasse die Dinge aus deinem Land! Der Lehrer hat das vor den anderen Schülern gesagt. 나는 네 나라의 것들을 싫어해! 선생님이 다른 학생들 앞에서 그렇게 말했어요."

그 선생님이 어떤 상황에 그렇게 말했는지 설명을 부탁했다. 독일에서 나고 자란 학생의 부모님은 튀르키예 사람이었다. 튀르키예 노동자들이 독일로 넘어와 도로를 건설하고 건물을 세우면서 자리를 잡은 후 튀르키예에 남아 있던 가족을 초청했던 시기가 있었다. 가족주의가 강한 튀르키예 사람들은 도시 외곽에 타운을 형성해서 살았다. 그 튀르키예 타운에서 태어난 학생은 늘 자신이 튀르키예인임을 잊지 않으려 했다. 한글학교에서 음식 수업이 있던 날, 학생은 자신의 부모와 삼촌이 운영하는 되너(Dönner, 튀르키예식 케밥. 베를린 길거리 음식으로 유명하다.) 가게에서 양고기와 치즈, 올리브 절임을 챙겨 왔다. 접시에 담아 선생님께 드렸더니, "나는 네 나라의 것들을 싫어해."라고 말했다고 했다. 학생은 조금 소리를 높이더니, 금세 한숨을 쉬며 훌쩍였다. 일단 학생에게 미안하다고 사과했다. 누군가 나의 나라를 비난한다면

나 자신을 부정당하는 것처럼 느껴질 게 분명했다. 상처받은 학생의 마음이 충분히 이해되고, 말 한마디가 얼마나 쓰라린 구멍과 생채기를 내는지 다시금 깨달았다.

"나는 … 싫어해."

집으로 돌아오는 길에, 선생님이 했다는 말을 몇 번이고 떠올렸다. 정확한 억양을 직접 듣지 못해 뉘앙스를 모르니, 짐작해 보기로 한다. 그 한국어 교사는 양고기와 절인 올리브를 못 먹어서 거절한 게 아닐까? 정말 그가 "나는 네 나라의 것들을 싫어해!"라고 말했을까? 정말 그렇게 말했다면, 어떤 의도였을까? 어쩌면 한국어 교사가 본의 아니게 오해를 받고 있는지도 모르고, 학생은 전혀 사실이 아닌 일에 아직까지 상처를 받고 있는 건 아닐지, 복잡한 생각이 들었다.

한국 사람들이 보통 쓰는 '싫어한다'에는 '마음에 들지 않는다'거나 '좋아하지 않는다'는 의미가 담겨 있을 때도 있다. "나는 양파를 싫어해.", "나는 굴을 싫어해. 알레르기가 있거든.", "나는 걷는 걸 싫어해."처럼

한국어 교사는 "나는 튀르키예 음식을 싫어해."라고
말하려 했겠지만, 독일어로 옮기면서 혐오의 의미를
담게 됐을 것이다. "I hate your foods."처럼 말이다.

영어에서는 어떤 음식을 싫어한다고 말할 때, 'I
hate' 대신 다른 부드러운 표현을 쓴다.

I'm not a fan of onions.
(직역하면) 나는 양파의 팬이 아니에요.

Onions aren't really my thing.
(직역하면) 양파는 내 취향이 아니에요.

독일의 경우도 마찬가지다. 공격적이고 증오한다
는 뜻에 가까운 'hassen(싫어하다)'을 대체할 수 있는
다른 자연스러운 표현이 있다.

Zwiebeln sind nicht so mein Ding.
(직역하면) 양파는 제 것이 아니에요.

Ich stehe nicht so auf Zwiebeln.
(직역하면) 저는 양파 편이 아니에요.

한동안 '싫어하다', 'hate', 'hassen'에 대해 생각했다.

한국에서는 '싫어하다'를 경미한 불편함을 표현할 때도 사용하지만, 직역해서 쓸 경우에는 전혀 다른 상황에 처할 수 있다. 무언가를 좋아하지 않는다는 표현으로 아무렇지 않게 사용해 온 나에게도 많은 질문을 던지는 단어이다. '싫어해'라고 몇 번 소리 내 발음해 보니, 약간의 불편함만 담겨 있는 것은 아닌 것 같다. 무언가를 좋아하지 않는 태도와 무언가를 싫어하는 태도 모두 '싫어하다'로 표현하는 한국어가 불편하게 느껴지는 순간이다. "저는 양고기 팬이 아니에요.", "양고기는 제 취향이 아니네요.", "저는 양고기편이 아니라서요.", "오, 양고기는 제 것이 아니에요."라고 고쳐서 말해 본다. 상처받은 튀르키예계 독일인 학생에게 다시 긴 메일을 썼다. 오해와 상처, 직역과 의역의 아슬아슬한 경계, 그리고 한국어가 지닌 투박하고도 불편한 직설에 대해서도.

미국에서는 다시 학생

미국 북캘리포니아로 이주한 후부터 일주일에 두 번 영어 수업을 듣고 있다. 일대일 온라인 수업 형식으로 진행하는데, 튜터가 캘리포니아보다 두 시간 빠른 시간대에 살기 때문에 약속 시간을 두 번씩 확인하며 수업 일정을 조율한다. 스페인에서 오래 산 튜터는 평생 영어 강사를 천직으로 여겼다고 한다. 그에게서 반년 전에 한국어를 가르치던 내 모습을 마주하기도 한다. 다시 외국어를 배우는 학생이 되니, 교사였던 내 모습을 떠올리다 아쉬워지는 순간도 많아진다. 좀 더 잘 설명해 줄걸. 하나라도 더 알려 줄걸.

튜터는 엄마이자 아내인 내 역할에 맞춰서 교재 준비를 한다. 요리법을 알려 주거나, 미국 명절 행사에 관해 진심을 다해 설명해 준다. 그는 시간대가 다른 주에 살면서도 캘리포니아의 이벤트를 빠짐없이 챙긴다. 대형 마트에 프로모션이 뜨거나 새로운 상품이 출시되면 수업과 상관없이 이메일을 보낸다. 메일의 마지막 문장은 늘 'Don't miss out, Bohyun! 보현, 놓치지 마!'이다.

한국어 교원으로 20년 넘게 재직한 분의 글을 읽은 적이 있다. 그의 표현에 따르면, 수업을 하는 동안은 '작두를 탄' 느낌이라고 했다. 신들린 듯 온 힘을 다해 수업을 한다는 뜻이다. 그의 글을 읽으면서 반년 전의 매주 토요일을 떠올렸다. 수업 시작 10분 전에는 늘 긴장했다. 머릿속으로 일주일간 준비한 수업 자료를 정리하고 순서를 다시 읊었다. 수업을 시작하면 준비한 모든 자료와 교재를 두 시간 내에 빠짐없이 풀어내기 위해 사용할 수 있는 모든 에너지를 쏟아부었다. 학생들이 던지는 질문의 의도를 제대로 파악하기 위해 집중했고, 독일어와 한국어 모두 정확한 발음을 사용하려 애썼다. 하나라도 놓칠세라, 혹은 하나라도 더 심어 주고 싶은 마음에 두 시간 내내 최선을 다했다. 수업이 끝난 후에는 늘 초코 맛 우유를 허겁지겁 들이켰다. 급격히 떨어진 당을 보충하면서 칠판을 닦고 교실 문을 닫고서야 작두에서 내려왔구나 싶었다.

매주 두 번 영어 튜터는 하나라도 더 알려 주고 싶다는 간절한 마음을 품고 나를 만난다. 자주 실수하던 표현을 틀리지 않고 말했을 때 화면 속 튜터가 살며시 웃는 것을 보았다. 알려 준 이벤트에 아이와 함께 가 보았노라고 하면, 'oh!' 감탄사가 'oh~~~!'로 길어졌다. 메일로 보낸 요리법대로 만든 요리 사진을 공유하면 음식 레시피보다 더 긴 메시지를 보내 왔다. 그의 모습을 보고 있으면 온 힘을 쏟아 수업했던 지난 토요일들이 떠오르며, 학생들에게 메일을 보내고 싶어진다. 혹시 케데헌(케이팝 데몬 헌터스)은 봤는지, 부산식당에서 떡볶이 국물에 김밥을 찍어서 먹어 보았는지, 매달 셋째 주 토요일에 불닭볶음면을 20퍼센트 할인하는 건 아는지. 매년 10월 한인회가 주최하는 김치 축제에서 김치전은 꼭 먹어 봐야 한다는 것도. 몸은 떠나왔지만 마음은 여전히 그곳에 존재하는 것이 종종 신기하게 느껴진다. 학생들에게 여전히 알려 주고 싶다.

"절대 놓치지 마!"

아시아를 한꺼번에 묶는 사람들

미국에 다시 온 후, 아이가 다니는 독일 국제 학교에서 메일을 받았다. 메일 제목은 'Parent Insight Concerning Cultural Perspectives in School 교내 문화적 이슈에 대한 학부모의 의견'이었다. 최근 아이가 다니는 학교에 아시아계 학생의 비중이 늘었는데, 교사들이 아시아 가정의 이해도가 낮아 도움을 구한다는 내용이었다. 아이는 학급 내에서 유일한 아시아인이었다. 등하굣길에 아이와 비슷한 외모의 아이들이 종종 보였는데, 아마 학교 측에 뭔가 이슈가 있는 듯싶었다. 바로 승낙 메일을 보냈고, 미팅 예약 메일을 받았다.

미팅 당일 K학급(유치원에 해당하고, 미국에서는 의무교육에 해당한다.) 교사 아홉 명과 동그란 테이블에 둘러앉았다. 다른 아시아계 학생들의 부모도 올 거라고 예상했는데, 그 메일을 받은 건 나뿐이라고 해서 적지 않게 당황했다. 이어진 질문은 다음과 같았다.

　"아시아 가정에서는 학문적 교육을 강조한다고 들었어요. 최근 아시아인 학부모들이 수학, 과학 과목을 가르쳐야 한다고 요구하고 있어요. 당신도 같은 생각인가요? 왜 놀이 교육보다 학문 지향 교육을 중요시하는 거죠?"

　"아시아인 아이들은 대체적으로 독립적이지 않아요. 조부모가 아침마다 교실에 들어와서 옷을 벗겨 주고 신도 갈아 신겨 주고 나가요. 가족주의가 강해서 그런가요? 그런 상황을 교사가 이해해야 하는 건가요?"

　"아이들의 식사 예절이 엉망이에요. 포크와 나이프를 사용하지 않고, 손으로 먹어요. 먹을 때 소리도 크게 내고요. 이런 게 아시아인들에게는 문제가 되지 않나요?"

　받은 질문들에 하나씩 답했다. 처음 겪어 당혹스러워하는 교사들의 고충도 헤아리고, 미국으로 이민 온 아시아 가정의 환경도 배려하면서 객관적으로 이야기하려고 애썼다. 교사들은 그 학생들과 한나는 차이가 난다면서, "아무래도 독일에서 살았던 경험 덕분이

겠죠?"라며 아이를 칭찬했지만, 전혀 달갑지 않았다.

교사들이 언급한 것은 모두 중국 가정의 경우였다. 부모가 모두 중국인이고 모어가 중국어인 아이들이었다. 교육열이 높은 중국 부모는 아이를 생각하는 마음에 독일어까지 배울 수 있는 사립 학교를 선택했을 것이다. 하지만 독일 생활을 해 본 적이 없고 독일어도 전혀 모르는 부모가 독일 학교에 다니는 아이를 돕는 건 어려운 일이었을 것이다. 의사소통이 되지 않고, 문화적 차이가 큰 상태에서는 오해와 이해의 거리를 좁히는 일이 쉽지 않다. 그 아이들을 이해하려는 교사들의 마음과 노력은 알겠지만, 그들의 방법은 옳지 않았다.

중국인 아이들을 이해하려면 한국인 아이를 둔 내가 아닌, 그들의 부모를 찾아서 이야기해야 했다. 그 아이들의 부모와 직접 만나는 것이 어렵다면, 번역기를 이용해서라도 서면으로 의견을 주고받으며 서로의 간극을 메워야 했다. '아시아인 아이는 모두 그럴 것이다.'라고 일방적으로 일반화한 것도 조심스러워야 했고, "독일 문화를 접한 덕분에 낫다."는 말도 좀 더 깊이 생각해 보고 건넸어야 했다. 사소하지만 날

카롭게 오갔던 의견 교환의 시간이 끝나고 나오는 길에 한글학교가 그리워졌다.

한글학교에서 'Asian'은 거의 쓰이지 않는 단어였다. 해외에서는 이따금씩 '한국', '한국 사람'이란 말 대신에 '아시아', '아시아인'이란 말로 지칭한다. ('지칭당한다'라는 말이 더 적절하다.) 아시아에 얼마나 많은 국가가 있고, 얼마나 많은 언어가 존재하는데, 심지어 문화도 각각 다른데, 그들의 눈에는 모두 같아 보이나 보다. 한글학교에서 나는 아시아인이 아니라, 한국인이었다. 학생들은 늘 한국, 중국, 일본, 베트남 등 아시아의 각 나라를 구분해서 말했고, 각국의 문화와 언어도 구별할 줄 알았다. 중국 식당이나 한국 식당에 가서 아시안 식당에 왔다고 하지 않았다. 한국과 일본의 디자인을 설명할 때도 아시안 스타일로 통일해서 각각의 개성과 특징을 뭉개 버리지 않았다.

외국어를 배운다는 건 그런 걸까? 그 나라와 언어, 문화를 온전히 그대로 이해하는 것. 작은 차이를 세심하게 이해하는 데 필요한 관용의 힘은 외국어를 배우는 과정에서 발현되는 걸까? 나의 언어와 나의 세계 밖에도 분명 다른 언어가 존재하며 다른 세계가 그 자체로 고귀하게 실존하고 있다는 사실을 인정하는 태도. 타국의 언어를 배우려는 노력은 배려이고 사랑이다. 한글학교에서 서로를 깊이 사랑하고 사랑받았던 모든 순간이 그리워진다.

케데헌

미국 사람들은 가을에 진심이다. 짧아지는 해가 어둑한 저녁을 일찍 당겨 와도 미국의 가을은 선선하다기보다는 뜨거움에 가깝다. 핼러윈, 추수감사절이 10월과 11월의 가을을 후끈하게 달군다. 아이의 입학식 날, 같은 반 학부모가 다가와 어깨를 살짝 내 쪽으로 기울이더니 물었다.

"아이 핼러윈 의상 정했어요? 알려 줄 수 있어요?"

입학식은 8월 25일이었다. 여름이 마치 가을을 준비하는 계절인 것처럼, 여름에 만나는 이들은 '펌킨 패치(Pumpkin Patch 호박 체험 농장)' 장소는 정했는지 물으며 안부 인사를 나눈다.

이번 핼러윈은 예상했던 것처럼 많은 아이들이 '케이팝 데몬 헌터스(K-pop Demon Hunters, 줄여서 케데헌)' 의상을 원했다. 남학생 엄마들은 갓을 구하느라 인터넷 쇼핑몰을 뒤졌고, 비싼 가격을 확인하고는 팝콘 통을 구해다가 집에서 직접 만들었다. 여학생들은 루미 쟁탈전을 벌였고, 미라와 조이를 맡은 학생들은 실망하며 울었다고 했다. 옆반과 다른 학년에도 루미가 있다는 이야기가 금세 퍼졌고, 너도나도 루미가 될 수 있다는 해피엔딩을 아이가 전해 주었다. 결국 열일곱 명인 학급에서 일곱 명이 루미가 되었다. 일곱 명의 루미들은 아이에게 'Golden'의 한국어 가사를 맡아 줄 것을 부탁했다. 아이는 한국어 가사 부분을 혼자 불러야 한다며 투덜댔지만, 으쓱해진 어깨는 감출 수 없었다.

아이들은 10월 한 달 동안 핼러윈을 준비했다. 평일 수업 중에는 호박을 그려서 오리고 붙이고, 주말에는 자기만의 호박을 찾으러 호박 농장에 다녔다. 올해 펌킨 패치(호박 농장)에서는 아이들이 호박보다 루미를 찾느라 바쁘다. 펌킨 패치에 이미 핼러윈 복장을 입고 온 아이들이 있었다. 아이는 같이 간 친구와 함께 루미가 몇 명인지 세고 있다. 아이 친구는 루미 복장을 입고 온 아이들을 부러워하지 않는 눈치다. 옆에 루미보다 강한 한국인 친구가 있기 때문이다. 자꾸 내 손을 슬그머니 잡는 그 아이의 손이 앙증맞다. 그 아이의 엄마는 한국어 인사말과 한국 음식을 물었다. 아이가 좋아하는 케데헌 덕분에 자신도 요즘 한국어와 한국 음식에 관심이 생겼다고 한다. 여태껏 김밥을 '스시(Sushi)'나 '마끼(Maki)'라고 불렀는데, 이제는 'Gimbap'이라며 손가락을 모아 입술에 댄다. 한국 식재료 마트에 같이 가자며 팔짱을 끼는 친구 엄마는 분명 케데헌에 이어서 한국 드라마를 봤음이 분명하다.

핼러윈 이틀 전, 하굣길에 한 학부모가 웃으면서 다가왔다. 입학식 때 핼러윈 의상을 묻던 같은 반 아이의 엄마였다.

"핼러윈 의상 들었어요. 헬리콥터로 한다고 하더라고요. 너무 기대돼요."

당황했다. 분명 아이는 '해리 포터'를 하기로 했다. 아무래도 아이들 입에서 입으로 전해지다 보니, 해리 포터가 헬리콥터가 되었나 보다.

핼러윈에 아이는 망토와 동그란 안경을 쓰고 헤드

위그(해리 포터에 나오는 흰 부엉이)와 함께 등교했다. 그날 아이는 볼드모트가 아닌 일곱 명의 루미들에게 시달렸다고 했다. 쉬는 시간마다 운동장에 나가서 'Golden'을 불러야 했다. 한국어 가사 파트를 맡은 해리 포터의 역할은 중요했다. 아이가 화장실에 갈 때도 일곱 명의 루미들이 동행했고, 점심시간에는 다른 반 루미들까지 합류해서 '영원히 깨질 수 없는 (Golden의 유명한 한국어 가사)'을 수없이 불러야만 했다. 불쌍한 해리 포터의 하루가 그려져 안쓰러웠지만, 한국어를 하는 아이의 존재가 특별해진 걸 알 수 있어 한편으론 안심했다.

미국 사람들은 오전 9시 퍼레이드를 시청하는 것으로 추수감사절을 시작한다. 미국의 유명 백화점 메이시스(Macy's)는 매해 추수감사절 아침에 뉴욕 거리에서 퍼레이드를 진행했고, 올해로 99번째를 맞이했다. 미국의 전통으로 자리 잡은 이 행사에서 올해는 한국계 미국인 켄 정(Ken Jeong)이 사회를 맡아 더욱 화제가 됐다. 켄 정은 케데헌의 한 캐릭터처럼 옷을 입고 나왔다. 사람들은 퍼레이드에 케데헌이 나올 것을 예상하고 행사 내내 헌트릭스를 외치며 더욱 열광했다. 드디어 퍼레이드의 하이라이트 부분에 케데헌의 콤비 캐릭터인 '더피와 서씨'가 등장했다. 이때 켄 정이 소리를 지르면서 케데헌을 소개했는데, 퍼레이 드를 지켜보던 남편이 말했다.

"켄 정도 감회가 남다르겠다. 울컥한 게 느껴지네."

남편의 말처럼 요즘 해외에 사는 한국인들은 감회 가 새롭다. 대한민국의 국가 인지도가 높아지고, 한 국 기업들도 외국 기업들 사이에서 두각을 나타내고 있다. K-기술은 두말할 것도 없고 K-문화도 더욱 빛 을 발한다. K-문화에 등장하는 K-먹거리와 K-캐릭 터는 해외 온라인 사이트에서도 쉽게 찾아 구입할 수 있다. 그만큼 외국 소비자들에게 K-상품이 인기를 끌 고 있다는 뜻이다. 지나가다 "안녕하세요."라고 말을 거는 이들도 많아지고, 계산하고 나오는 길에 "감사 합니다."를 듣기도 한다. 한국어를 배우고 싶다는 학 생들의 연락이 끊임없이 이어지지만, 수업 스케줄이 가득 차서 이제는 거절해야 한다. 남편과 함께 미국 에서 포닥(박사 후 과정) 생활을 했던 불과 십여 년 전에는 상상도 할 수 없는 일이었다. 더 오래전부터 미국에서 박사 과정을 밟은 남편에게 올해는 더욱 남 달랐을 것이다. 2025년 미국의 가을은 한국 문화가

다 물들인 것 같다.

내년 가을도 기다려진다. 올해 핼러윈에도 엘사가 몇 명 보였다. 사랑받는 캐릭터는 늘 오래 살아남는다. 아마 다음 해에도 루미는 있을 것이다. 아이에게 내년 핼러윈 때는 한국어 파트를 혼자 부르지 말고 떼창*으로 부르는 게 어떻겠냐고 제안해 보려 한다. 해리 포터와 일곱 루미일지, 헬리콥터와 일곱 루미일지는 아직 미정이다.

* 떼창: 떼를 지어 노래를 부름. 또는 그런 노래. 한국 콘서트에서 자주 발견되는 독특한 문화여서 'K-fan Chant'라고 부르기도 한다.

언어는 소외시키기도 한다

하교시간에 맞춰 아이를 데리러 가면 아이는 멀리서 'Mama'라고 부르며 뛰어와 품에 쏙 안긴다. 만나자마자 그날 있었던 일을 수다쟁이처럼 털어놓는다.

"Mama, ich habe heute mein Mittagessen ganz aufgegessen. 엄마, 저 오늘 점심 다 먹었어요."

"Mama, ich habe heute im Sportunterricht Hula-Hoop gemacht. 엄마, 오늘 체육 시간에 홀라후프 돌렸어요."

"Mama, ich habe heute im Kunstunterricht Wasser verschüttet und war so traurig, dass ich geweint habe. Es war mir ein bisschen peinlich. 엄마, 오늘 미술 시간에 물을 쏟았는데, 속상해서 울었어요. 조금 창피했어요."

아이는 선생님과 친구들 앞에서는 나에게 독일어로 말을 건다. 지극히 개인적인 일조차도 독일어로 얘기한다. 한국어를 절대 쓰지 않는다. 친구를 집에 초대해서 노는 날에도 마찬가지다. 친구가 오기 전에는 한국어로 얘기하던 아이가 초인종이 울리는 동시에 독일어나 영어로만 말한다. 독일어를 하지 못하는 아빠 앞에서는 독일어 사용을 자제한다. 독일어로 설명하기 편한 학교 생활이나 수업 진도도 아빠에게는 한국어로 풀어서 이야기한다. 가끔은 독일어 단어를 한국어로 바꾸면서 말이 길어지거나 설명이 장황해지지만, 아이의 마음을 알기에 시간을 두고 기다려 준다.

한글학교 수업을 한국어가 아닌, 독일어로 진행하겠다고 결정했을 때 우선순위에 두었던 건 '모두가 참여 가능한 수업'이었다. 한글학교 성인반은 시험을 봐서 레벨을 나눈 후 반 편성을 하기는 어렵다. 아무래도 여러 반을 동시에 운영하기 힘든 해외 한글학교의 사정 때문이다. 교사 채용도 쉽지 않고, 최소 여섯 명이 등록해야 학급 하나가 운영되기 때문에 무작정 반부터 만들 수도 없다. 그뿐만 아니라, 다양한 방법으로 한국어를 배우고 온 학생들을 시험지 한 장으로 나눌 수는 없기 때문이다. 드라마에 나오는 대사를 대부분 이해하는데 쓰기 실력이 엉망이라고 초급반으로 보낼 수는 없다. 쓰기와 읽기 수준이 높아도 겨우 두 문장 정도 말할 수 있는 학생을 고급반으로 배정할 수도 없다. 그러니 레벨 테스트 한 번으로 학생들의 반을 정하기란 쉬운 일이 아니다. 학생들의 실력이 다양하면, 이해하거나 받아들이는 수준도 모두 다르다. 누군가 끄덕이면 다른 누군가는 갸우뚱한다. 다양한 레벨의 학생들이 모인 수업을 독일어로 진행하기로 한 것도 바로 이 때문이다.

몇 년 전, 아이가 독일 유치원에 등원하고 한 달쯤 지났을 때로 기억한다. 잠들기 전에 아이가 말했다.

"엄마, 나는 친구들이 독일어로만 말해서 외로워."

아이들은 언어를 몰라도 몸으로 친해진다며 걱정 말라던 주위 사람들의 위로만 믿고 아이의 유치원 생활이 별 탈 없을 거라 생각했는데, 아니었다. 독일어를 하지 못하는 아이가 유치원 생활에서 감당해야 했던 것은 답답함이나 힘겨움이 아닌, 외로움이었다. 여럿이 모여 블럭을 쌓고 모래성을 만들어도 알아듣지 못하는 외국어는 함께 있는 놀이 공간에서도 아이를 소외시키곤 했나 보다.

유치원에서 외로워하는 모습을 안쓰러워하던 때에 한글학교에서 아이의 다른 모습을 보게 됐다. 아이는 한글학교에서 한국어가 서툰 교포 2세, 3세 친구들에게 한국어를 천천히 말했다. 한국어를 처음 배우는 교포 3세 친구에게는 자신이 아는 몇 개 안 되는 독일어로 대화를 건넸다. 쉬운 한국어와 서툰 독일어가 모두 통하지 않는 날에는 보디랭귀지를 썼다. 아이의 몸짓에 다른 학부모들은 귀엽다며 웃었지만, 나는 마냥 따라 웃지 못했다.

　아이는 한글학교, 한국어, 혹은 더 나아가 모든 언어 세계에서 그 누구도 외롭게 만들고 싶지 않았던 것 같다. 학교에서 아이가 나와 독일어로만 대화를 하려는 것도 한국어를 모르는 선생님과 친구들에게 순간의 이질감을 주지 않기 위해서이다. 아이의 하원 시간에 한국어를 쓰는 건 오직 아이와 나 둘뿐이고, 오히려 다수는 영어와 독일어를 쓴다. 아이는 언어의 세계에서 소수와 다수를 구분하는 것이 아니었다. 그 공간에 있는 누구라도 언어로 소외감을 느끼지 않게 하려는 작은 아이의 큰 배려이다. 한글학교에 오는 이에게 아이가 먼저 다가가 한국어와 독일어로 번갈아 인사를 건네는 것 역시 작은 몸으로 반기는 커다

란 환영의 표시다.

　아이에게 받은 영감은 이후 한국어 수업에 큰 원동력이 되었다. 외국어 수업 시간에는 한 마디도 못 하는 것보다 한 마디도 못 알아듣는 것이 더 괴로운 일이다. 한 공간에서 느껴지는 아찔한 외로움도 혼자만 알아듣지 못할 때 고스란히 다가온다. 나만 이해하지 못했다는 부끄러움이 아니라, 모두가 타고 있는 흐름에서 혼자 낙오했다는 소외감이다. 누군가 수업 중에 고개를 숙이고 있거나, 괜히 종이 위에 의미 없는 메모를 하고 있다면, 바로 그 순간이다. 모두가 참여 가능한 수업은 '모두가 한 마디씩 말하는' 수업이 아니라, '모두가 알아듣는' 수업이다. 언어의 세계에서는 때로 아이의 말과 행동이 유용한 교사 지침서가 된다.

외국어를 배우는 일의 매력

　한국어를 외국어로 가르치고 있다. 독일에서는 독일어로 한국어를 가르쳤고, 미국으로 옮겨 온 뒤로는 영어로 학생들을 가르친다. 외국어로 모국어를 가르치는 일은 분명 매력이 있다. "외국어를 하면 좋은 점이 무엇인가요?"라고 묻는다면, 현재 나의 대답은 "외국인들에게 모국어를 가르쳐 줄 수 있어요."라고 할 수 있다. 그뿐만 아니라 외국어를 배우면 외국인과 소통할 수 있고, 해외 여행, 유학, 이민 등 다양한 새로운 기회가 열린다. 더 넓은 세상으로 나아갈 수 있는데도 외국어를 배우는 일은 선뜻 행동으로 옮기기 어렵다. 한국어를 모국어로 쓰는 우리에게 알파벳을 사용하고, 문자 체계와 문장 구조가 다르고, 발음과 발성도 비슷하지 않은 외국어는 벽처럼 느껴진다. 그럼에도 한국어를 가르치면서 잊지 않고 하는 일은, 한국 사람들에게 외국어를 배우라고 권유하는 일이다. 좋은 건 나눠야 한다. 외국어를 배우는 일에는 아주 신비한 비밀이 있다. 이제는 그 비밀을 털어놓을 때인 것 같다.

남편과 미국행을 결정하고 제일 먼저 걱정한 건 다섯 살 딸아이의 의견이었다. 아이가 세 살 때 한국에서 독일의 작은 도시로 터전을 옮겼다. 그때도 쉬운 결정은 아니었지만, 남편의 미래에 응원을 보태 주고 싶었다. 2년 동안 아이는 기대 이상으로 독일에 빠르게 적응했고, 독일어도 어렵지 않게 배웠다. 유치원 친구들과 하원 시간마다 이별을 아쉬워했고, 다음 날 아침에는 몇 년 만에 만난 친구들처럼 반가워했다. 미국행 역시 아이 아빠에게는 큰 기회였지만, 전처럼 응원만 보내기에는 아이의 문제도 무시할 수 없었다. 이제는 헤어짐과 슬픔의 깊이를 알아 버린 아이에게 또다시 새로운 대륙으로 떠나자는 말을 건네는 게 참 어려웠다. "미국에도 한번 가보고 싶어." 늘 엄마보다 단단했던 아이는 그 한마디로 아빠의 미래를 축하했고, 엄마의 고민도 덜어 주었다.

미국에 오자마자 아이는 의무 교육 대상자가 되었다. (미국은 만 5세에 공교육 K에 입학한다.) 집 앞에 있는 공립 학교에 입학하는 대신 등하교에 1시간이 걸리는 독일 국제 학교로 결정했다. 독일어가 익숙한 아이에게 조금 더 시간을 주고 싶었다. 독일어와 영어 이중 언어를 교육 목표로 삼는 사립학교의 프로그램이 아이에게 안정감을 줄 것 같았다. 독일어를 하는 친구들이 있어서인지 다행히도 아이는 낯선 환경에 금방 적응했다. 간혹 친구들이 영어로 아이에게 말을 걸 때면, 어디선가 독일어로 통역해 주는 친구가 등장했다.

그래도 영어 과목 시간에는 의기소침해지는 듯했다. 영어를 읽지 못하는 아이는 수업 교재를 받을 때마다 긴장을 했다. 눈치껏 앞에 앉은 친구가 하는 대로 따라 하기도 하고, 때로는 옆자리 친구에게 물어보기도 했다. 잠깐 도움을 청하는 일이지만, 아마도 같은 반 친구들은 귀찮았을 것이다. 잠들기 전, 아이는 내일도 영어 수업이 있는지 물었다. 집으로 오는 영어 튜터를 한 시간 전부터 기다리는 아이가 학교 영어 수업은 불편해하니 걱정이 되었다. 하지만 생각보다 빨리 고민이 해결되었다. 아이는 용기를 내어 친구에게 부탁하기로 결심했고, 그 대신 도움을 구하기 전에 이렇게 말한다고 했다.

"그거 알아? 네가 나를 도와주면 너는 슈퍼맨이야."

귀찮아하던 친구가 자신은 슈퍼맨이라고 옆에 앉은 친구에게 웃으면서 자랑했단다. 그리고 그 말을 들은 친구도 슈퍼맨을 자처한다고 했다. 아이는 영어 수업 때마다 슈퍼맨을 만나게 되었고, 이후로는 오히려 영어 수업이 있는 요일을 기다렸다. 아이는 저녁 식사 때마다 오늘은 누가 슈퍼맨이었는지 알려 주었다. 아이는 도움을 받기 위해 친구를 슈퍼맨이라고 부른 것이 아니다. 아이는 그 친구들을 정말 슈퍼맨이라고 생각했다.

해외 생활을 하다 보면 슈퍼맨을 만나는 순간이 온다. 대부분은 언어와 관련된 일이다. 언어 문제로 작은 일조차 해결하지 못할 때, 갑자기 어디선가 그가 등장한다. 쩔쩔매며 당황해하던 일을 그는 손가락 하나를 튕겨서 해결한다. 말 한마디로 Ta-da(짜잔)! 이런 슈퍼맨을 만나는 날이면 며칠 동안 잊지 못한다. 독일 기차 매표기 앞에서 까막눈처럼 막막하게 서 있을 때, "Can I help you?" 뒤에 서 있던 중년 신사가 도움을 준다. 기말고사를 앞두고 부족한 독일어로 막막할 때 자신의 페이퍼를 슬쩍 내밀어 주는 동기가 있다. 독일 관공서에서 한국 서류가 인정이 안 되어 애를 먹고 있을 때 전화 한 통화로 해결해 준 아랫집 아주머니도 있다. 아픈 아이를 업고 택시를 잡을 때 지나가다가 멈춰 서서 함께 기다려 주고 택시 문까지 열어 준 멋진 고등학생까지. 슈퍼맨이 낮에는 평범한 차림으로 언론사에 출근한다는 작가의 설정은 아주 완벽하다. 슈퍼맨은 늘 일상 속에서 함께 살아가는 사람이니까.

아이는 학교에서 슈퍼맨들과 단단한 우정을 쌓고 있다. 얼마 전에는 독일에서 새 친구가 전학 왔다. 영어가 서툰 그 친구에게 이제는 아이가 슈퍼맨이다. 외국어를 배우는 일은 슈퍼맨을 만날 가능성을 열어 두는 일이다. 두렵고 어려운 순간 등장하는 이야말로 진정한 히어로일 테니까. 외국어가 가득한 세상은 예측 불가한 일들이 넘쳐 나고, 사소한 일도 거대하게 보이는 신비한 나라이기도 하다. 외국어를 배우는 일, 그 세상에 들어가는 일에는 크나큰 용기가 필요하다. 하지만 용기만 있으면 된다. 그걸로 충분하다. 평범해 보이는 누군가는 분명 가방에 빨간 망토를 넣어 가지고 다닐 테니.

외국어 공부를 잘하는 법

외국어 공부를 잘하는 법을 AI에게 묻고, 유튜브 영상을 찾아보고, 포털 사이트 유명 어학 블로그까지 뒤져서 정리해 보았다.

- **매일 꾸준히**: 주별로 오는 학습지를 구독하든지, 핸드폰 앱을 이용해서 하루에 10분이라도 매일 꾸준히 공부한다.
- **소리 먼저 익히기**: 문법보다는 원어민의 발음과 억양을 익히는 것이 중요하다. 적당한 OTT 서비스를 구독해 틈날 때마다 미국 드라마를 틀어 놓는다.
- **실용적인 문장 암기**: 외국인이 매일 사용하는 문장 패턴을 공부한다. 유튜브에 '원어민이 매일 사용하는 어휘와 문장'을 검색해서 매일 외운다.
- **관심사와 연결**: 좋아하는 영화, 음악, 스포츠 등 내 취향의 콘텐츠를 찾아 공부한다. 지루하지 않게 공부하는 방법이고, 주로 영상 브이로그를 이용한다.

- **단어는 문맥 속에서**: 단어만 따로 외우지 말고, 본인의 읽기 수준에 맞는 책을 골라 문장 속 단어를 문맥적으로 이해하며 공부한다.
- **섀도잉 연습**: 원어민이 말하는 것을 그대로 따라 한다. 영상의 자막을 먼저 보고, 원어민의 억양과 발음 그대로 따라 하는 것을 목표로 한다.
- **말하기 파트너 찾기**: 언어를 교환할 수 있는 사람을 찾거나, 학습 파트너와 주기적으로 만나 말하기 연습을 한다.

외국어에 관심 있는 이들은 이미 알고 있는 내용일 것이다. 위 일곱 가지 방법을 바탕으로 구체적인 계획을 세워 공부해 본 적이 있지만, 실패할 때마다 외국어에 재능이 없음을 탓했다. 외국 생활을 오래 했지만 여전히 크게 부족한 점 역시 외국어이다. 갈증과 갈망에 외국어 공부법을 자주 검색하고, 한국어를 잘하는 외국인들의 경험을 종종 찾아 듣는다.

외국어를 익히는 입장에서 가르치는 입장이 되자, 학생들에게서 외국어 학습법을 얻기도 한다. 한국어를 배우는 외국인들은 어떻게 한국어를 공부할까? 한국 예능 프로그램에서 활동하는 외국인들을 보면 입이 쩍 벌어질 정도로 한국어를 잘하곤 한다. 심지어 한국에 오기도 전에 독학으로 수준급의 한국어를 구사하는 유학생을 보면 그저 신기할 뿐이다. 문자와 문화가 다른 언어를 어떻게 공부했길래, 다들 자기 뜻과 의견을 저렇게도 논리정연하게 말할 수 있을까.

대부분의 학습 경험담과 어학 습득 기술에는 공통점이 있다. '꾸준히'이다. 한글학교에 오는 학생들은 5년 동안 매주 토요일을 한국어 공부에 투자, 아니 헌신했다. 정말 꾸준히 학교에 왔다. 여기서 고백하지만, 토요일에 놀고 싶은 교사의 불순한 마음은 오로지 방학만을 꾸준하게 기다렸다. 매주 토요일을 쉬거나 노는 데 쓰지 않고 외국어 공부에 양보한 학생들은 어떤 마음일까?

몇 해 전 은퇴한 대학 교수가 한글학교에 입학 신청서를 냈다. 한글 자음, 모음부터 배우고 싶다는 바람을 적은 신청서에는 독일어, 영어 외에도 할 수 있는 언어가 다섯 개 더 적혀 있었다. 그 역시 토요일마다 꾸준히 한글학교를 찾았다. 늘 학교 문을 열어 주는 교장 선생님보다 먼저 와서 입구에 서 있었다. 모르는 것은 망설임 없이 물었고, 이해될 때까지 담임 교사를 찾았다. 대학에서 수많은 학생들을 양성하고 직장과 가정에서 매 순간 최선을 다한 그가 은퇴 후 주말마다 한국어를 배우는 모습은 늘 진한 인상을 남겼다. 하루는 추석 행사로 모두 모여서 명절 음식을 먹었다. 그때 그는 그처럼 반듯한 애플파이를 구워 왔다. 파이를 건네는 그에게 한글학교를 찾은 이유를 조심스럽게 물었다.

"Das Lernen einer neuen Sprache ermöglicht es mir, mich selbst und mein Leben aus einem neuen Blickwinkel zu betrachten und mich darauf zu fokussieren. 새로운 언어를 배우면 나와 내 인생을 새롭게 바라보고 집중할 수 있어요."

독일 유학생 시절에 프랑스어를 배워야 할 일이 있었다. 국제법을 전공하는 동안 한 과정에서 프랑스어가 필수였기에 급하게 배워야만 했다. 아르바이트를 했던 한인식당 사장님의 소개로 프랑스 철학 모임에 들어가게 된 것도 프랑스어를 배우기 위해서였다. 철학과 교수님이 운영하는 모임에 참석하는 회원들은 모두 60대 이상이었다. 파독 간호사로 수십 년 전 독일에 건너와서 가족을 꾸리고 살고 있는 분들이었다.

프랑스어를 완벽하게 읽지 못하는 나를 위해 연필로 한 자 한 자 짚어 가며 알려 준 것도 에메랄드빛이 들어간 돋보기를 쓴 70대 선생님이었다. 뒤늦게 모국을 떠나 독일어를 익히고, 이어서 프랑스 철학을 배우는 그들에게 나는 매주 프랑스어를 배웠다. 그때 프랑스어보다 더 많이 배우고 알게 된 것은 '외국어 공부는 나이와 전혀 상관없다'는 것이었다. 그때 동학들이 자주 했던 말이 있다.

"Cultive ton jardin! 너의 정원을 가꿔라!*"

꾸준히 외국어를 공부하다 한 번씩 포기하고 싶어지는 순간이 온다. 바로 창피한 순간, 실수했을 때이다. 누군가를 만나 외국어를 유창하게 하지 못했을 때, 지난 외국어 학습 시간을 헤아리며 스스로를 비하하게 된다. 말하고 돌아서서 더 나은 문장이 생각났을 때, 메시지를 보내고 나서 틀린 표현임을 알았을 때 외국어를 놓고 싶어진다. 실제로 몇 달 동안 본체만체한 적도 있었다. '꾸준히'가 무너졌을 때도 포기해 버리곤 한다. 일주일 동안 정해 놓은 양만큼 공부하다가 아파서 하루이틀 치를 밀리거나, 일이 생겨 한두 번 수업에 빠졌을 때 남은 교재와 수업을 몽땅 포기해 버리는 경우가 있다. 외국어 공부를 '거대한 아웃풋'으로 연결해 놓은 것이다. 외국어 공부를 하면, 그만큼 유창하게 말하고 유려하게 쓸 수 있을 거라는 결과에 연결해 놓고, 그것에 미치지 못하면 스스로를 비난한 것이다. 외국어를 '꾸준히' 공부한다며 '하루도 빠짐없이'라는 빡빡한 틀을 만들어 놓고, 하루라도 놓치는 날이면 또 어김없이 스스로 위축되고 만다.

외국어를 배우는 일은 인생을 새롭게 바라보고 집중하는 일이라며 애플파이를 건네던 학생의 말이 생각난다. 외국어 공부에 늦은 나이는 없다며 늘 자신의 정원을 가꾸던 프랑스 철학 모임 선생님들의 말도 여전히 잊히지 않는다. 외국어를 공부하는 방법은 모두 다 알고 있지만, 꾸준히 하는 법은 모른다. 외국어 학습을 포기하지 않는 비결은 외국어를 유창한 언어 실력에 연결하는 것이 아니라, 나에게 집중하고 나를 가꾸는 일이라고 생각하는 것이다. 매주 꾸준히 수업을 듣는 한글학교 학생들은 어쩌면 토요일마다 포기하고 싶은 순간을 마주할 것이다. 혼자만 동영상 속 회화를 알아듣지 못할 때도 있고, 짝꿍과 대화 연습을 하다 발음 실수를 할 때도 있고, 쓰기 시간에 맞춤법과 문법이 엉망인 과제를 제출할 때도 있다. 때로는 휴가나 출장 때문에 수업을 놓칠 때도 있다. 그럼에도 다음 주 토요일이면 어김없이 교실에 들어와 가방을 열고 교재를 펼친다. 유창한 한국어나 완벽한 틀이 아닌, 자신의 정원을 가꾸고 있기 때문일 것이다.

^{프랑스 작가 볼테르의 소설 〈캉디드(Candide)〉에 나오는 말. 정원을 가꾸라는 말은 자신의 삶과 마음, 일상을 돌보고 성장시키라는 뜻이다.}

직역이 최선은 아니다

 2007년, 독일 유학길에 한 중소기업에서 만든 전자 사전을 들고 갔다. 당시는 독일 젊은이들이 2G 폴더 폰을 쓰거나 그마저도 쓰지 않았던 때라, 대학원 동기들은 까만 머리에 노란 얼굴의 나보다 전자사전을 더 신기하게 바라봤다. 영한, 한영 사전이 주 기능이었기에 독일어 사전에 수록된 어휘 양은 적었다. 부족한 어휘 수만큼 뜻과 활용 및 예문도 미흡했다. 결국 서점에서 산 독영, 영독 종이 사전의 도움을 받았다. 한국어로 떠오른 생각을 영어로 바꾸고 마지막 독일어에 도착하는 언어의 여정은 늘 고단했다. 독일어에서 시작하는 것도 만만치 않았다. 독일어를 영어로 바꾸고 다시 한국어로 돌아오는 과정은 피로감이 더했다. 전공 서적의 단어는 길어도 너무 길었다. (독일의 법률 용어는 띄어쓰기 없이 긴 단어들로 유명하다. 심지어 단어 하나가 66글자인 것도 있다.*) 법학을 전공한 것이 후회스러울 정도였다. 인터넷은 학교 도서관과 집에서만 쓸 수 있어 이동 중에는 단어 검색이 불가능했다. 이용할 수 있는 한국 포털 사이트의 독한 사전 역시 형편없었다. 종이 사전은 전자사전과 포털 사전을 보란 듯이 능가했다. 찾는 시간은 더 걸려도 찾고 나면 뜻과 예문, 활용법까지 확인할 수 있어 더욱 소중했다. 그때 구입한 종이 사전은 지금도 갖고 있다. 이삿짐을 쌀 때마다 남편이 가장 먼저 들고 오는 것은 그 사전이다.

"이제 그만 버리고 가자."

일 년 내내 한 번도 펼쳐 보지 않더라도 19년 동안 한-영-독-영-한 고난의 지구 한 바퀴 여정을 함께한 동지를 버릴 마음의 준비는 글쎄, 아직이다.

요즘 한글학교 학생들은 대부분 포털 사이트 어학 사전을 이용한다. 타이핑을 하기보다는 카메라를 켜고 실시간 번역 기능을 이용한다. 어학 사전은 단어의 다양한 뜻과 용법 및 예문을 볼 수 있지만, 카메라 앱 번역기는 단어마다 한 가지 뜻만 보여 준다. 거의 직역에 가깝다. 수업 시간에 단어를 찾을 시간이 부족해 어쩔 수 없이 선택한 방법이겠지만, 늘 안타깝다. 단

기간에 많은 단어를 외울 수는 있어도, 각 단어가 지닌 다양한 의미와 형태를 놓칠 수 있으니 말이다.

　관용어 표현을 배울 때마다 학생들의 번역기는 이상한 답을 내놓았다. 관용어가 적힌 종이를 나눠 주고 무슨 뜻일지 짐작해 보라고 했다. 성격 급한 학생 몇몇은 이미 휴대폰 렌즈 번역기를 돌렸다. '눈이 높다'와 '살이 찌다'라는 표현을 번역기로 돌려 본 학생이 뭔가 이상하다는 듯 옆의 학생에게 보여 줬다. '눈이 높다'는 뭔가를 선택하는 기준이 높거나 이상형의 조건이 많은 사람을 표현하는데, 독일어로 직역하면 'hoch Augen haben(영어로는 have high eyes)'이다. 높은 눈을 가진 사람. 설명을 해 주면 이해하지만, 대부분의 독일 사람은 '건방지다'는 의미로 받아들인다. '살이 찌다'의 경우 번역기에는 'Fett bekommen(영어로는 to get fat)'으로 나온다. "지방이 늘었다고요?" 하며 학생들은 불쾌한 기색을 드러낸다. '체중이 늘었다'는 표현으로 바꿔 주면 그제야 이해하지만, 너무 직설적인 표현 아니냐며 정색한다. 그뿐만 아니라, '수고하세요'라는 말은 학생들에게 '정(情)'만큼이나 어렵다. 직역하면 'Machen Sie arbeiten' 혹은 'Leiden Sie viel!'이 된다. '일 하세요', '고생을 많이 하세요!'라고 들려서 의도와는 전혀 다른 뜻으로 전달된다.

렌즈 번역은 단어의 무궁무진한 활용을 한정해 버리기도 한다. 한국어는 다른 언어와 다르게 '상황 감정어'가 다양하다. 한국은 관계 중심 사회이기 때문에 상황을 담거나, 사람의 감정을 나타내는 말이 섬세하게 세분화되어 존재한다. '억울하다'라는 단어도 직접 대응하는 영어 단어가 없다. '억울하다'를 설명하려면 영어 단어 세 개 이상이 필요할 것이다. 슬프고(sad), 화도 나고(resentful), 무력한(powerless) 상태. '억울하다'를 'sad' 한 단어로 연결할 수 없는 것이 바로 포괄적 감정을 담는 한국어이다.

1990년대에 시애틀에서 병원을 열었던 삼촌을 찾는 환자들은 대부분 한국 이민자였다. 환자들에게 삼촌은 명의였다. 미국 병원을 찾아가도 도통 증상을 설명하기 어려워 "배가 아파요.", "머리가 아파요." 등 '아파요' 한마디로 모든 고통과 통증을 표현했던 사람들은 삼촌 앞에서 달라졌다. "머리가 멍해요.", "머리가 멍해요.", "머리가 지끈거려요.", "속이 답답해요.", "속이 울렁거려요.", "속이 메슥거려요.", "속이 쓰려요." … 삼촌은 이 설명을 듣고 정확한 진단과 처방을 내렸다. 삼촌 병원에 찾아온 환자들은 외국어로는 표현할 수 없는 감정에 갇혀 지낸 사람들이었다. 모어인 한국어는 약만큼 효과가 좋은 걸까? 명의의 비결을 알아 버린 느낌이다. 신체 증상을 표현할 때도 이렇게 구체적이고 섬세한 한국어를 기술의 힘으로 해석할 수 있을까?

최근 AI(인공지능)의 기능이 인간을 뛰어넘었다는 것에 반박할 사람은 없을 것이다. 이런 시대에 '외국어를 배울 필요가 있나요?'라고 묻는다면, 그래도 '더욱 배워야 한다'라고 답할 것이다. 한국어를 가르치면서 느낀 것은 어떤 언어보다도 인간의 감정을 다양하고 깊고 섬세하게 설명하는 것이 한국어라는 것이다. 한국어가 모어인 사람들은 고기능 번역기를 사용하더라도 자신의 기분과 감정을 온전히 전달하기 어렵다고 느낄 것이다. 한국어를 배우는 사람들은 번역기에 담기지 않는 한국인들의 오묘하고 깊은 감정과 관계가 무궁무진하다는 걸 알아 가고 있다.

전자사전이 무용했던 시절, 종이 사전이 그 역할을 담당하던 당시의 기억은 버릴 수 없는 소중한 자료로 남아 있다. 단어 하나는 한 가지 의미만 갖고 있지 않고, 단어와 단어 사이의 작은 빈칸에도 수많은 감정과 관계로 채워져 있다. 기술의 도움으로 단어와 단어 사이의 공간을 채울 수 있을까? 어쩌면 다른 어떤 언어보다 내 나라의 언어, 한국어가 굳건하게 버티고 있는지도 모르겠다. AI가 감히 넘볼 수 없는 언어의 세계가 존재한다고 말이다. 언어의 벽이 무너질 거라는 희망인지 저주인지 모를 AI 시대에 살고 있지만, 바벨탑이 빚어낸 비극 역시 잊지 않고 있다.

• 가장 긴 독일 법률 용어는 'Rindfleischetikettierungsüberwachungsaufgabenübertraungsgesetz(소고기 라벨 표시 감독 업무 이관법)'이다. 광우병 사태 이후 소고기 라벨 관리 감독 책임을 규정하기 위해 만들어진 법.

모국어는 나를 구원한다

이 글은 쓰다 지우기를 반복했고, 다 쓰고 나서도 책에 싣기까지 고민이 컸다. 한글학교의 시작은 이 이야기를 하지 않고서는 설명하기 어려울 것 같다. 이 책을 쓰게 된 것도 그날의 사고가 도화선일지 모른다.

아이를 유치원에 등원시키고 돌아오는 길, 집 앞 공사장에서 후진하며 나오던 트럭을 피하다가 건물 외벽을 박았다. 외벽과 창문은 모두 깨졌고 몰던 차는 폐차되었다. 응급 대원들은 곧장 병원으로 가야 한다고 했지만, 갈 수 없었다. 가족이 없는 독일에서 아이를 맡길 곳이 없었기 때문이다. 남편은 장기 출장으로 한국에 가 있었다. 결국 응급차에서 간단한 처치만 받고 집에 돌아와 샤워를 했다. 온몸의 떨림이 멈추지 않아, 뜨거운 물을 틀어 놓고 한동안 서 있었다. 무슨 일이 있었던가. 잠시 눈을 감자 사고의 순간이 들이닥쳤고, 뜨거운 물도 소용없이 계속 몸이 떨렸다.

사고가 나고 사흘 뒤에 한글학교 첫 수업이 있었다. 사고가 난 그날 밤, 첫 수업을 취소할까 생각했다. 어떤 이유에선지 그러면 안 될 것 같았다. 사고의 장면이 하루에도 수십 번 찾아왔지만, 그럴 때마다 소리 내어 한국어 수업 내용을 중얼거렸다. 어떻게든 사고 장면에서 벗어나기 위해 다른 장면을 떠올리려 애쓴 것이다. 토요일 오전, 아이 손을 잡고 버스에 올라 한글학교로 향했다. 다친 목의 통증이 심해 진통제를 네 알이나 먹어서인지 속이 몹시 울렁거렸다. 첫 수업이라 긴장해서 떨리는 거지, 사고 후유증 때문은 아닐 거라고 스스로를 설득했다.

수업 시작 5분 전, 목의 통증이 등을 타고 내려가다 머리끝까지 거슬러 올라와 남은 진통제를 입에 털어 넣었다. 눈을 감고 목을 꾹꾹 누르고 깊이 숨을 내뱉었다가 힘겹게 삼켰다. 마지막 진통제가 가슴을 타고 내려가는 게 느껴졌다. 그렇게 한글학교 첫 수업이 시작되었다. 준비한 부교재와 참고 자료를 나눠주며 학생들과 가볍게 눈인사를 나눴다. 수업은 중얼거리며 연습했던 그대로 막힘없이 진행됐다. 사고 장면에서 벗어나기 위해 집중해서 연습했던 수업 내용이 실수 없이 자연스레 흘러나왔다. 덕분에 두 시간 수업은 큰 문제 없이 마무리되었다. 학생들이 교실을 나간 후 노트북 전원을 끄자, 그제야 두 시간 내내 목과 손목의 통증이 사라졌었다는 사실을 깨달았다. 수시로 경련을 일으키던 팔도 아무렇지 않았다. 첫 수업이라 많이 긴장했지만, 모국어를 가르친다는 사명감이 더 컸던 걸까? 한국어를 가르치는 그 순간만큼은 사흘 내내 괴롭히던 통증이 모두 사라졌다. 의학적으로 설명할 수는 없지만, 분명 진통제보다 모국어가 더 큰 약효가 있었다.

한 달 동안은 차 앞 좌석에 앉지 못할 정도로 사고 트라우마가 컸다. 목과 손목의 통증은 두 달이 지나자 점차 사라졌다. 그 대신 그동안 먹은 진통제가 위장에 무리를 줬는지, 소화 기능이 말썽을 부렸다. 그 모든 고통의 순간마다 한글학교 수업에 더 마음을 쏟았다. 가만히 있으면 그날의 굉음과 연기가 발목부터 서서히 차올랐지만, 그럴 때마다 입안에서 맴도는 한국어 단어들을 입 밖으로 꺼내고, 한국어 교원 교재를 구석구석 살피고, 필요한 자료를 하나라도 더 찾는 데 집중했다. 점차 시간과 공간을 지배하던 사고의 기억은 사라지고, 가르쳐야 할 한국어가 일상의 곳곳을 채우기 시작했다. 작은 물건에서도 수업 자료의 쓰임을 찾고, 짧은 순간의 대화에서도 한국어 관용어 용법을 발견했다. 손의 감각이 안정을 찾는 과정에서도 수업에 쓸 형용사와 동사를 생각하려 애썼다. 그렇게 한글학교 한국어 수업이 나를 구원했다.

베를린에서 한국어 과외를 하던 때부터 지금까지 가장 힘들 때마다 나에게 손을 내민 것은 한국어였다. 독일어 실력이 부족해서 대학원 자퇴를 고려했을 때도, 이민자 추방 운동이 심하게 일어났을 때도 나를 붙잡았던 것은 한국어를 가르치는 순간이었다. 내가 나임을 깨닫게 한 것은 늘 모국어였다. 모국어를 다루고 나누는 시간 덕분에 나를 파괴하려는 모든 것들로부터 스스로를 지킬 수 있었다.

한국어 수업은 모국어를 자극하고, 모국어는 진실되고 깊숙한 감정을 다스린다. 한국어 수업이 없었다면 막연하게 불안했던 감정이 정리되지 않은 채로 수시로 나를 괴롭혔을 것이다.

이 글을 쓰는 동안 불면증이 찾아왔다. 낮과 밤의 구분이 없는 생활이 고통을 주었다. 그래도 약의 도움을 받기보다는 글을 쓰기로 결정했다. 지난 한국어 수업들을 떠올리며 모으고 흩트렸던 모국어를 적어 내려갔다. 점차 꿈을 꾸는 밤의 시간이 생기고 있다. 이번에도 역시 한국어 수업이 나를 살린다.

나라는 존재를 빚어낸 한국어

방금 마지막 인터뷰를 마치고 회사 근처 카페 의자에 앉았습니다. 면접의 긴장이 채 풀리지 않았는지, 주문한 메뉴조차 기억나지 않습니다. 아마 직원이 "Lee~!"라고 부를 때쯤에야 제가 무엇을 시켰는지 알게 되겠지요.

지난해 실리콘밸리에서 일자리를 제안받은 남편을 따라오며 저 또한 출간과 취업을 계획했습니다. 본래 이 책이 나온 후에 구직 활동을 시작하려 했는데, 생각보다 기회는 빨리 찾아왔습니다. 책의 마지막 장을 마무리하기도 전에 이력서를 썼고, 지금은 인터뷰를 하러 다니고 있습니다. 오늘은 최종 면접이라 그런지 평소보다 더 떨렸나 봅니다. 카페로 걸어오며 면접관이 건넨 질문과 제가 답한 문장들을 가만히 되짚어 보았습니다. 대답에 대한 아쉬움은 당연히 남습니다. 저도 모르게 나직이 중얼거렸습니다.

'한국어로 대답했으면 훨씬 더 잘했을 텐데.'

　모국어는 '나'라는 존재를 가장 잘 설명할 수 있는 언어입니다. 단순히 어휘를 많이 알아서가 아닙니다. 나라는 존재가 형성될 때 가장 깊숙이 관여하는 것이 바로 모국어이기 때문입니다. 태어나 처음 배우는 언어이자 부모가 사랑으로 가르쳐 준 관계의 언어이며, 세상을 바라보는 사고와 개념의 틀을 만들어 준 언어입니다. '모국어로 면접을 봤다면 오늘 나를 제대로 보여 주었을 텐데.'라는 기분 좋은 허세를 부리며 긴장감을 잊어 보려 합니다. 아무래도 저의 모국어가 한국어라는 사실은 이 근거 없는 자신감에 든든한 힘을 실어 줍니다.

　한국어만큼 미묘한 감정과 섬세한 표현을 담아낼 수 있는 언어가 또 있을까요? 맥락을 짚어 낼수록 맛이 살아나는 한국어를 구사하는 한국인이 얼마나 특별한 언어적 감각을 지녔는지 안다면 다들 놀랄 겁니다. 한국어를 가르치는 일을 하지 않았더라면, 저는 그저 가장 잘하는 언어로 면접을 보지 못한 아쉬움만 곱씹었을지도 모릅니다. 하지만 모국어를 가르치며 제가 배운 것은 한국어의 독보적이고 그저 기똥찬 매력이었습니다.

나의 모국어가 한국어라는 사실에 여느 때보다 깊은 자부심을 느낍니다. K-문화가 뜨거운 사랑을 받는 요즘, 한국어라는 언어 그 자체가 더 널리 사랑받길 바라는 마음도 커집니다. 한국어를 배우는 외국인뿐만 아니라, 모국어로 매일을 살아가는 한국인들도 우리 언어를 더욱 아껴 주었으면 합니다. 무엇보다 이것은 저 스스로에게 건네는 바람이기도 합니다. 이 책을 쓰는 내내 수백 번도 넘게 스스로에게 물었습니다. "한국어 할 줄 아세요?" 한국어 교사로서 마주했던 모국어의 순간들을 책으로 옮기며 조심스러웠던 적이 많았습니다. 내가 모국어를 올바르게 구사하고 있는지 점검하는 과정이 필요했기 때문입니다. 혹여나 모국어로 이뤄진 개념어 속에 나의 비뚤어진 가치관이나 태도를 무의식중에 담고 있지는 않은지 꼼꼼히 살폈습니다.

해외 생활과 외국어를 다뤘던 이전 책들에 비해 모국어를 다룬 이번 책은 더 신중하고 깊은 검토가 필요했습니다. 가장 쉬운 줄 알았던 언어가 글로 풀어내는 동안 낯설고 아득하게 느껴졌고, 외국어처럼 난해하기도 했습니다. 그 과정을 지나는 동안 한국어를 향한 애정은 더욱 깊어졌습니다. 결국 나라는 존재를 빚어낸 것은 이 언어임을 다시금 깨닫습니다.

이제 이 글을 끝으로 책을 만드는 여정을 마무리합니다. "한쪽 문이 닫히면 다른 문이 열린다."라는 알렉산더 그레이엄 벨의 말처럼, 끝을 맺는 이 글이 또 다른 여정의 시작이 되어 주길 기대합니다. 여는 글부터 닫는 글까지 꼼꼼하게 살펴 주신 오도카니 출판사 대표님과 이화정 편집자님께 깊은 감사를 전합니다. 오도카니의 여정에 함께할 수 있어 진심으로 기쁩니다. 이 책의 중심에 있는 학생들에게도 고마움과 그리움을 전합니다. 덕분에 배움의 태도와 관계의 믿음을 배울 수 있었습니다. 사랑을 넘어 늘 곁에 있는 성낙헌 박사, 고맙습니다. 다른 언어 세계에서도 모국어를 잃지 않는 한나에게도 사랑을 전합니다. 그리고 제 글을 아끼며 마지막까지 읽어 주신 모든 분께 애정 어린 안부를 건넵니다.